LE MUDRA DU CŒUR

Données de catalogage avant publication (Canada)
St-Asz, Bernard, 1944-
Le mudra du cœur
Comprend des réf. bibliogr.
ISBN 2-89239-201-2
1. Bouddhisme - Philosophie. 2. Vie spirituelle - Bouddhisme 3. Esprit et corps. 4. Acceptation de soi. I. Titre
BQ282.S24 1997 181'.043 C97-941237-4

Louise Courteau, éditrice inc.
481 Lac Saint-Louis, Est
Saint-Zénon, Qc. Canada
J0K 3N0

Dépôt légal : Troisième trimestre 1997
Bibliothèque nationale du Québec
Bibliothèque nationale du Canada

ISBN 2-89239-201-2

LE MUDRA DU CŒUR

Récit de **BERNARD ST-ASZ**

par

Anne Nenarokoff

Louise Courteau
ÉDITRICE

AVANT-PROPOS

MOT DES AUTEURS

BERNARD ST-ASZ

La démarche du *Mudra du Cœur* a commencé lorsque j'avais onze ans.
J'avais accès à la bibliothèque de mon père, mais une section restait sous clef.
Il m'avait interdit la lecture d'un livre en particulier parce qu'il n'avait, soi-disant, aucun intérêt pour moi.

L'attrait de l'interdit me stimulant, j'ai plongé dans le Bardo Thödol. À mon grand étonnement, j'en ai trouvé la lecture facile comme si je redécouvrais quelque chose de connu.
Le Livre des Morts Tibétains me mettait en contact avec d'autres plans d'existence, d'autres paliers de connaissance et avec l'énergie subtile que je pressentais.
J'avais deviné, dans la religion de mes parents, que bien des choses essentielles à ma compréhension de la vie étaient occultées sous le vocable “mystère”.

La mort, la renaissance, le purgatoire, l'enfer, le paradis, la douleur, la joie, tout cela trouvait soudain une pleine signification.

Par la suite, je me suis passionné pour tout ce qui me révélait la philosophie bouddhiste et le lamaïsme. Les lectures que j'en ai faites ont été pour moi une véritable source d'enrichissement.

J'étais, à l'époque, pensionnaire dans une école religieuse où j'avais développé mon goût pour la liturgie et le rituel. Comprenant que la racine est toujours invisible à l'œil, j'essayais de trouver la terre nourricière qui avait fait éclore les graines de ces philosophies.

À l'âge de choisir une profession, je me suis senti attiré par la connaissance du corps et de ses limites, tant physiques que psychiques. Étant passé de la kinésithérapie à l'ostéopathie, j'avais appris à décoder les mouvements qui ralentissent l'être humain ou entravent sa démarche dans son quotidien. Il me fallait encore trouver des outils pouvant l'aider à se libérer de ses contraintes et de ses peurs.

Je suis donc parti à la recherche du lamaïsme, notamment de certains yogas ou méthodes respiratoires enseignés et pratiqués au Tibet.

Les Tibétains étaient alors faciles d'accès puisque réfugiés au nord de l'Inde dans l'Himachal Pradesh. Par des relations de mon père, j'ai pris contact avec l'Oracle du Tibet, Tenzing Wongdak.

Grâce à lui, j'ai pu recevoir des enseignements au sein de la secte des Nyingmapas qui représentent une des branches les plus anciennes du bouddhisme tibétain. Yeshi Dorge, un ngakpa comme Tenzing Wongdak, m'a initié à des méthodes tantriques pratiquées depuis des millénaires. Puis, j'ai vécu plusieurs retraites auprès d'un de leurs maîtres à tous deux, le vénérable Taklung Tsetul Rimpoché.

Aujourd'hui, ma démarche est loin d'être terminée.

Mais les enseignements que j'ai reçus sur les principaux centres d'énergie du corps et de leur interaction m'ont amené à comprendre la part que nous jouons dans l'équilibre à faire pour assumer pleinement notre santé.

Dans ma pratique à Montréal, je soigne surtout des gens qui souffrent du stress et des agressions quotidiennes de notre mode de vie nord-américain. Je suis en mesure d'aider mes patients à modifier certaines données de leur vie pour atteindre un équilibre personnel. Je peux aussi les amener à s'affranchir de leurs peurs en prenant conscience des extrêmes à reconnaître et à intégrer pour atteindre l'acceptation éclairée de soi-même.

Ce livre qui raconte mon dernier voyage initiatique se déploie à deux niveaux : la confrontation avec un monde où l'Occidental ne retrouve aucun point de référence connu et le cheminement intérieur au cours duquel, délesté de ses bagages, le narrateur plonge dans l'exploration de son être et de sa relation à l'univers.

ANNE NENAROKOFF

En tant que journaliste, scénariste de profession et poète par nécessité, j'ai avec les mots une relation exigeante et nourricière. Les mots pour dire vrai m'ont toujours poussée en avant.

Ce *Mudra du Cœur* est pour moi une manifestation de pure synchronicité, une de ces étapes nécessaires qui se présentent tout à coup sur le chemin de la vie.

Le mudra, dans la tradition tibétaine, est un geste rituel, porteur de signification et d'énergie. Le mudra du cœur est un remerciement, comme une prière qui part du cœur et se traduit dans les mains, face à un autre être ou à l'univers. Les positions successives des mains disent :
"Ce que j'ai accumulé, je te l'offre.
Ce que tu m'offres, je le reçois
et je t'en remercie."

Il y a quelques années, je me faisais soigner pour tension musculaire, stress et autres maux de vivre par un monsieur Bernard St-Asz que je ne connaissais ni d'Ève ni d'Adam. Au cours

d'une manipulation qui m'a libérée de ces bobos comme par enchantement, nos échanges furent brefs. Je n'en retiens que quelques mots.
Les premiers, venus de je ne sais où, se sont logés dans le mille :
"C'est difficile de lâcher le paraître."
Quelques silences plus tard, il a ajouté, comme si c'était la suite de son premier énoncé :
"J'écris un livre dans ma tête depuis quatre ans et je ne sais pas par où commencer".
Ces paroles-là ont trouvé une réponse immédiate :
"Vous parlez peut-être à la bonne personne."

Je me suis intéressée à ce que fait Bernard St-Asz, en plus de l'ostéopathie. J'ai assisté à ses ateliers sur le yoga tibétain, pratiqué les respirations et les mantras. Ma curiosité a fait place à la conviction et à un engagement total face à l'importance du livre à écrire.

J'ai cueilli les mots qui se déroulaient à mesure de nos conversations. Ils m'ont entraînée au centre de leur signification.

Ces paroles, habituées sans doute à leur propre liberté, ont donné du fil à retordre aux machines qui essayaient de les enregistrer.

J'ai dû marchander avec les dieux jaloux qui se sont donné un malin plaisir à entraver les enregistrements, à rendre indéchiffrable le premier document dans mon ordinateur, à détruire mon disque dur ainsi que mon imprimante.

J'avais sans doute démontré trop peu de foi ou trop peu d'humilité.

Une fois la paix faite, j'ai compris que mon élan venait d'un désir de bien faire et qu'il fallait abdiquer toute pulsion de paraître : les mots devaient venir du cœur.

Ce livre est le véhicule de ce qu'une grande lignée a porté dans son cœur et transmis de lama à chela, de maître à élève, depuis des générations et des générations. La parole du Maître, le révérend Taklung Tsetul Rimpoché, présent physiquement ou intérieurement au cours de toute l'initiation, respecte la noblesse d'une sagesse millénaire.

L'écriture du *Mudra du Cœur* a été un cadeau. Ces paroles sacrées sont venues résonner en moi et je les transmets avec un profond respect pour ce qu'elles représentent, en espérant avoir été digne de la tâche qui m'a été confiée.

Chaque chose que l'on quitte

un jour nous est redonnée

pour nous permettre

de poursuivre notre route.

INTRODUCTION

Talklung Tsetul Rimpoché,
grand Maître détenant la lignée des ngakpa,
à la sortie du monastère de Kasumpti,
dans les Himalayas

LA VISION

J'ai les jambes engourdies.
Tiens, j'ai dû m'endormir.

Ce picotement me rappelle à la loi de la gravité.
Je suis couché au pied d'un énorme banian.
La lumière dore les feuilles au-dessus
de ma tête.
Le soleil a baissé à l'horizon. Le ciel est rouge.

Je referme les yeux.
Visage tendu vers le ciel, j'inspire à pleins poumons pour m'imprégner de cette douce chaleur du jour à son déclin.
Je me déploie pour ne faire qu'un avec cette luxuriance ambiante.
Elle me pénètre.

Je me laisse bercer.
J'entre dans le mouvement.

Mon corps ne fait qu'un avec...
Ce ballottement familier...

Me voilà à dos d'éléphant.
Nous avançons dans une grande clairière.
Devant nous, autour de nous, c'est la jungle.
Je sens des fourmis dans ma jambe droite qui est repliée sous moi. Ma jambe gauche pend librement derrière l'immense oreille poilue.
Sous mes mains, la peau épaisse est rêche et douce à la fois. Chaude aussi.
Je me sens enraciné dans cet animal vieux et puissant, présent à la naissance du Bouddha.

C'est curieux, la clairière a disparu.

Nous sommes dans une forêt séculaire, aux arbres magnifiques.
Je tends la main pour caresser moi aussi les larges feuilles qui m'effleurent au passage.
J'aimerais en cueillir une. Le feuillage me fuit dans un déroulement continu.
Notre marche est trop rapide.

La forêt fait place à la savane.
Le ciel rougeoyant est à découvert.

Ma monture presse le pas. Nous avançons au trot, de plus en plus vite.

La savane défile, file...
Je rebondis sur le dos ample.
Le vertige s'empare de mon corps.

Je glisse, je vais perdre l'équilibre.
Si je tombe, je me brise les os ou je me fais écraser.
Calculant un saut qui me mette hors de la foulée meurtrière, je me laisse aller du côté de ma jambe gauche.
Je perds l'équilibre, je ferme les yeux.
Je tombe...
Non, une main m'agrippe.

Un poignet fin. Une femme, jeune, brune de peau.
Elle m'aide à me redresser derrière la tête de l'éléphant.
Elle est assise derrière moi, bien campée à califourchon. Elle me prend par la taille, et me dit à l'oreille :

"Je suis ton épouse. Tu n'as rien à craindre, continue."

À peine a-t-elle prononcé ces mots que surgissent, à notre droite et à notre gauche, des files d'éléphants montés par des hommes de tous âges.

D'un coup, tous les éléphants forment derrière nous un troupeau ordonné et galopent dans un même mouvement.
Cette cadence m'enivre.
Autour de moi, tout s'efface dans une blancheur opaque.
Mon corps et mon esprit s'envolent vers l'horizon.
Les images se fondent les unes dans les autres, un épais brouillard enveloppe tout mon être.

Il faut que je descende.
Je fais un effort prodigieux et...

Bon. J'ai les deux pieds à terre.
Mais où suis-je?
Dans la savane, évidemment.
Qu'est-ce que je fais ici?
J'étais à dos d'éléphant... il y en avait tout un troupeau autour de moi.
Où sont-ils donc passés?
Je regarde autour de moi.
Pas la moindre trace...

J'ai dû rêver.
Non, j'ai mon bâton de marche.
Je le serre fermement dans mon poing droit.
Je ne m'aventure jamais dans la jungle

sans mon bâton.
La jungle? Je ne suis pas dans la jungle...

Je fais un tour complet sur moi-même.
C'est bien la savane.
J'avance de quelques pas dans les herbes hautes, séchées et blanchies par le soleil.

Et maintenant, ces deux lions qui me...

Je suis nez à nez avec des lions!
Tout mon sang quitte mon corps.
Les fauves ont les yeux rivés sur moi.
Échine tendue, ils sont figés dans une tension puissante de tous les muscles : ils vont se jeter sur moi.
Shlack! Un coup de bâton et je leur brise les pattes.

Me voilà bien.
Je m'en suis pris au roi de la jungle.

Maintenant, il faut que je disparaisse.
Un lion blessé, c'est dangereux.
Deux, je suis fait.

C'est curieux comme ils me regardent.
Ils n'ont pas l'air de souffrir.
Ils n'ont même pas l'air féroce.

Ils viennent se coucher, de chaque côté de moi,
tête baissée dans un geste de soumission.
Je suis flanqué des deux fauves alors que moi,
je suis encore abasourdi du coup
que je leur ai porté.
On dirait qu'ils s'inclinent
comme pour me prêter allégeance.

*
***
*

Un soubresaut me sollicite dans un autre plan de réalité.

Combien de temps ai-je dormi?
Ai-je dormi ou suis-je dans un autre rêve?

Toujours est-il qu'une voix déformée par le grésillement d'un micro annonce la descente sur Delhi. Delhi, première étape de mon voyage vers les Himalayas.

Un poignet bronzé me secoue doucement. Une main fine mais autoritaire me fait signe d'attacher ma ceinture.

La shakti est-elle toujours à mes côtés?
Est-ce que j'ai retrouvé mon épouse divine?

Non, ce n'est pas une déesse, mais un agent de bord qui s'affaire au bien-être des nombreux passagers de ce vol KLM.

Mais alors, la shakti?
J'ai pourtant bien ressenti dans tout mon être l'angoisse du déséquilibre et cette voix rassurante qui me disait :
"Je suis ton épouse. Tu n'as rien à craindre, continue."

Et les deux lions à qui j'ai brisé les os?

Autour de moi, les gens, fripés par le long voyage, rajustent leur posture et leur mise. Ils redressent leur siège, l'air, eux aussi, d'émerger de quelque rêve dont ils ne connaîtront jamais la fin.

Par le hublot, j'entrevois la rougeur du petit matin au-dessus de la brume de chaleur.
La terre se hisse à notre rencontre. Cet immense chaudron grouillant de vie nous invite à descendre plus vite, plus vite, pour mieux nous engloutir.

Delhi.

Je referme les yeux.

ARRIVÉE SUR DELHI

Nous sommes en 1970.
Je suis en route vers l'Inde, à la recherche d'un monde perdu.

J'arrive à Delhi, d'où je me rendrai au Ladakh pour faire ma première retraite dans un monastère tibétain.

J'arrive au petit matin, après un voyage de près de vingt-quatre heures.
Je suis très fatigué.
Le décalage horaire me rentre dans le corps.
J'aurais besoin d'un temps de repli sur moi-même, mais je me trouve immédiatement happé par une masse grouillante qui vient vers moi.

Je m'accroche à mes valises.
J'ai peur de me les faire voler ou de les perdre.

C'est tout ce que je possède dans ce monde étranger, dans cette foule qui me ballotte. Des grappes de gens s'empressent pour m'offrir tous les services possibles et imaginables.
Je ne comprends pas un mot, mais c'est sûr qu'on veut porter mes bagages.
Pas question.
Ils représentent et contiennent tout ce qui me rattache à mon Occident, maintenant si lointain. Bagages physiques, bagage culturel, seul point de référence en terre inconnue.
Je ne veux pas qu'on touche à mes valises.

Ce que je veux, c'est quitter l'aéroport au plus vite.
Fuir cette chaleur, ces gens partout autour de moi.
Je vais sauter dans un taxi ou un autobus, me réfugier dans la ville.
Non. Pas un taxi. On m'a dit que tous les taxis ont le compteur brisé et qu'il faut négocier le prix. On ne m'aura pas. Je prends le premier autobus pour Connaught Circus.

La foule se précipite, l'autobus est vite bondé. Il y a des gens debout, des gens qui s'accrochent je ne sais comment aux portes, aux fenêtres.
On traverse des bidonvilles.

On s'arrête partout.
L'autobus prend de nouveaux passagers à chaque arrêt.
Tout le monde monte, personne ne descend.
J'en arrive à regarder d'un mauvais œil ceux qui viennent s'ajouter au trop-plein. Nous sommes de plus en plus entassés les uns contre les autres. Ces gens, malgré l'heure matinale, dégagent des odeurs agressantes. Ils n'ont pas de quoi se laver?

Je me sens complètement coïncé.
La panique me prend. J'ai mal au cœur. J'évite de respirer, j'espère que ça ne se voit pas trop.
Je sue à grosses gouttes et je ne peux même pas me dégager pour m'essuyer le front.
Je ne vais jamais pouvoir descendre.
Roupies en main, je me rends compte que je n'ai pas payé mon billet.
J'aurais peut-être dû payer en montant?
Mais à qui?
Tout le monde me regarde.
Mon désarroi parlerait de lui-même. Mais, pour achever le pitoyable tableau que je fais, je suis empêtré dans mes bagages d'Occidental. Comme je suis parti pour un laps de temps assez long, j'en ai emporté beaucoup c'est-à-dire trop.

L'autobus arrive enfin dans le centre de Delhi, tout le monde se rue pour descendre.

Finalement, je n'ai pas payé mon billet. Je remets mes roupies en poche.
Je me débats avec mes bagages, je bouscule mes voisins. Je m'énerve, j'ai peur que l'autobus reparte avec mes valises.
Les gens sont gentils, ils m'aident à les descendre, en riant un peu, de moi sans doute.

*

Je me retrouve en ville, éreinté.

Je suis dans un état second, complètement bousculé dans mes sensations.

Mes sens ont été assaillis par un nombre de choses considérable.
Mes yeux n'ont pas pu tout enregistrer : j'ai vu des corps couchés un peu partout sur le bord de la route.
Est-ce que les gens dorment sur le macadam?
Est-ce qu'ils étaient vivants?
Par contre, la charrette que j'ai vu passer avec des corps allongés dedans, j'ai tout de suite compris.
Ceux-là ne s'étaient pas rendus au bout de la nuit.

J'ai été confronté à une misère humaine que je n'avais jamais imaginée.

Des lépreux qui exhibent leurs moignons, des enfants couverts de crasse qui se suspendaient à mes vêtements, des mères avec des nourrissons à moitié morts de faim pour lesquels je ne peux rien. Une sollicitation oppressante.

Mes narines n'ont pas pu se faire aux différentes odeurs.
J'ai l'impression que la putréfaction est omniprésente.
J'ai vu des champs d'épandage tout autour de la ville.
Les odeurs de transpiration et de graillon imprégnées dans les vêtements de ces innombrables Indiens m'ont suivi, elles me pénètrent.

Je ne suis plus sûr d'être toujours dans la réalité.

Les rues ont un faux-air de limbes. Des chiens errants circulent parmi des corps couchés sur des nattes. Tout donne l'impression que la vie est en suspens.
Un moment figé dans le temps.
La moiteur âcre est partout.

Soudain, une nouvelle odeur vient m'envelopper, m'enivrer.
Une jeune fille passe à côté de moi et s'éloigne

d'une démarche indolente, comme dans une vision.
Son plateau de jasmin frais laisse un sillage puissant.
Je la suis du regard et je vois qu'elle s'arrête devant un petit temple. J'imagine que ces fleurs vont servir d'offrande à des déités protectrices ou autres. Peut-être va-t-elle les vendre.
Je reste cloué sur place.

J'émerge de mon vertige et la panique me reprend.
J'ai l'impression d'être entre deux portes : l'enfer et le paradis.

Mais il s'agit de trouver un hôtel.
Je cherche dans le centre de Delhi, près des gares, là où tout sera facile pour me déplacer, pour aller plus loin dans les Himalayas.

Il faut que je me repère.
Connaught Circus.
Je vérifie dans mon guide. Bon, j'y suis.

L'hôtel Jukaso Inn fera l'affaire, un ami me l'a conseillé.
J'entre dans la chambre, sommaire mais propre.
Une affiche jaunie promet : air climatisé et télévision.

La télévision ne marche pas, le climatiseur fait un bruit infernal et recrache de l'air chaud. Je n'arriverai jamais à dormir. Je l'éteins.

Mais pas question de dormir pour le moment. Je suis dans un état de fatigue fébrile. J'ai la tête en bouillie, mon corps ne veut pas s'arrêter. J'ai hâte de plonger dans la ville, sans bagages.

*
***
*

Je prends des scooters et des rickshaws qui m'emmènent dans des endroits où je peux voir et me mêler à la foule.

Je marche, je vais n'importe où devant moi. Je suis le mouvement. Je m'arrête à un feu. Tout le monde autour de moi regarde dans la même direction. Je tourne la tête : une Rolls-Royce passe silencieusement. À l'intérieur, je vois des gens habillés du dernier chic européen.

À côté de moi, une femme attend elle aussi pour traverser. Elle est très belle, noire de peau, le visage d'une grande noblesse, dont les points saillants prennent une couleur cuivrée au soleil. Elle a le front marqué de carmin et porte un sari de soie très fine bordée d'or.

Je la regarde, je regarde tout cela et je n'entends plus rien.
Il y a tellement de bruits, de gens qui crient, de coups de klaxons, de pétarades de petites motos, que je n'arrive plus à entendre ce qui se passe.
Tout se noie dans le tintamarre.

Un enfant surgit à côté de moi.
Il me tend la seule main qui lui reste et il me dévisage avec une sorte d'effronterie.
Je regarde cet enfant déjà si vieux, et le temps que je mette la main à mon porte-monnaie, dix autres enfants sont là.
L'un s'agrippe à mes genoux, l'autre me fait le geste de manger, un autre exhibe sa petite sœur qui est à côté de lui, maigre et peu vêtue.

L'angoisse me saisit : "Qu'est-ce que je peux faire pour eux?"
Je me sens mal parce que j'ai une montre au poignet, une chemise sur le dos et des souliers.

Eux, n'ont rien.

Je saute sur un scooter.
Celui qui conduit se retourne et tape pratiquement sur les enfants pour qu'ils me laissent tranquille. Lui, il veut continuer sa route. Dès qu'il démarre, les enfants s'éparpillent. Ils courent vers des automobiles.

J'ai presqu'envie de dire merci au conducteur, un Sikh au turban volumineux.
Il m'offre un tour de ville pour un prix modeste.
Je décline et il a l'air sincèrement peiné pour moi.

*
***
*

Pour la première fois depuis mon arrivée, je me rends compte que j'ai faim.
Je rentre à l'hôtel, fourbu.
Je prends un thé indien, un peu de riz, seules choses qui paraissent acceptables à mon estomac d'Occidental qui vient de débarquer.
Je n'ai qu'une hâte, c'est de m'écraser sur le lit.
Mais je suis collant de sueur et de poussière.
Il me faut toute la volonté du monde pour me traîner jusqu'à la salle de bain.
Je tombe en arrêt devant le miroir.
Je suis méconnaissable. J'ai un masque de crasse sur le visage.

Et derrière le masque, qu'est-ce qu'il y a?
Quelqu'un qui cherche, et qui cherche quoi?
J'ai peur de me découvrir moi-même.

Je fais couler une douche qui crachote. Avec un peu d'eau chaude et beaucoup d'eau froide, j'enlève le plus gros.
Ce qui ruisselle à mes pieds est noir.

Je me laisse tomber sur le lit. Les draps sont tièdes. Seuls les plis et une vague odeur de savon indiquent qu'ils sont passés au lavage.

Demain je serai loin.

Je me prends à penser que si effectivement, je suis en-dessous des murailles de l'enfer, il y a à l'opposé un ciel et qu'il ne doit pas être loin.
Est-il là où je me rends, à quelques heures de Delhi?
Est-il à l'intérieur de moi?

Je ne sens plus mon corps,
j'ai perdu mes limites.
Je vais remettre le climatiseur.
Il fait un vacarme infernal. Je l'éteins.

Il faut que je dorme, mais je vibre encore aux rythmes nouveaux de cette journée.

Je ne parviens pas à sentir mon espace à l'intérieur de cet environnement inconnu.
Les bruits, les odeurs me reviennent.
Mes yeux ne veulent pas se fermer.
J'entends les autres climatiseurs, le va et vient constant dans le couloir, des voix qui parlent des langues que je ne saisis pas.
Dans la rue tout à côté, les coups de klaxons ont l'air de s'amplifier.
Et puis les bruits se fondent dans un bourdonnement.

*
***
*

Un signal sonore me fait sursauter.
Il faut attacher ses ceintures. Les vibrations amplifiées de l'avion me réveillent tout à fait.
Le commandant de bord annonce :
"Welcome to Delhi and thank you for flying KLM."

Je serre mon mala sur ma poitrine. Mon chapelet fait de rondelles de crânes humains ne quitte jamais mon poignet lorsque je voyage. Il me ramène à mon cœur.

Il me ramène à aujourd'hui, en 1990.

Je suis de nouveau en route pour Delhi. L'objectif de mon voyage : comprendre et intégrer le cheminement que j'ai fait ces vingt dernières années.

Je prends refuge dans ceux qui m'ont précédé.

Mon cœur se serre.
Pourtant, je sais où je m'en vais.

*

Je retrouve Delhi au lever du jour, ses odeurs, la moiteur, la marée humaine qui vient me proposer une aide dont je n'ai pas besoin, négocier le prix d'une course dans des endroits où je ne vais pas.

Malgré le nombre de fois que je suis venu ici, ma première impression est la même.
Le corps panique puis s'amortit comme si les réflexes craquaient.

Pendant les premières heures, je revis avec force cette agression de tout l'être. Je suis surpris de l'affolement qui me saisit encore alors que je me retrouve de plain-pied dans ma résolution de détachement.

*

Je retourne à l'hôtel Jukaso Inn de Connaught Circus. C'est presqu'un pèlerinage.
J'y retrouve une chambre semblable à celle de mon tout premier voyage.
La télé fonctionne mais, à part les deux chaînes de Delhi, il n'y a pas grand choix.
Le climatiseur fait moins de bruit.
Je prends une douche froide et je vais me payer un bon riz à l'Indienne.

Puis, je viens m'écraser sur le lit.

Maintenant, il faut que je dorme.
Il y a trop de bruit, il fait trop chaud.
Il faut surtout que je fasse taire le vacarme intérieur.

Cette fois, je suis venu accomplir le dernier cycle de ma démarche : recevoir l'initiation à laquelle je me prépare depuis longtemps. Un exercice rigoureux : j'aurai à vaincre mes démons intérieurs tout en me pliant aux rituels exigeants d'un détachement *où seul l'infini doit rester visible*, dit le Maître.

Bien d'autres l'ont fait avant moi.

Seul l'infini doit rester visible.

Je triture mon mala.
Je me calme.
Je prends de nouveau refuge dans les maîtres qui ont tracé la lignée.

Je n'ai que trop hâte de me retrouver face à moi-même.
Je ne prendrai pas le train.

Le train est un moyen de transport plus sûr que la route et bon marché, mais il réserve trop de surprises.
Il faut d'abord composer avec l'heure indienne, vague approximation du temps. Et puis, il y a tous les imprévus, les arrêts en pleine nature au gré des vaches récalcitrantes surtout quand elles sont installées sur la voie.
Les trains, comme les voies, sont des antiquités qui remontent au régime britannique. Ils roulent toujours, tant bien que mal, et depuis le temps, ils sont intégrés au paysage humain.
Les gares rappellent les villages de l'Angleterre revus et corrigés à l'indienne. Les manches à eau qui fournissent les locomotives à vapeur font aussi office de douche prise dans le plus simple appareil. Les trains en stationnement, de toilette, entre les voitures.
Les quais sont bondés de gens qui se jettent à l'assaut des wagons bondés eux aussi. Et comme

partout en Inde, il y a des corps allongés. Ici, ce sont des gens qui attendent des correspondances en retard de plusieurs heures.

Je suis pressé d'arriver à mon but, je prendrai un autobus "climatisé-première classe".
Ils ne sont pas tellement plus chers que les autres et la différence qu'ils offrent est considérable même s'ils ne sont ni tout à fait climatisés... ni tout à fait première classe.
En fait de confort, on peut légèrement incliner le siège quand le siège veut bien coopérer. En principe, ils sont plus propres que les autres et seules les places assises sont occupées.
Ils sont plus ponctuels aussi.

*

***

*

Les nombreuses tentatives de démarrage d'une moto, en contrebas de ma fenêtre me tirent du sommeil. Un sommeil lourd, sans rêve, celui de la grande fatigue qui écrase et donne l'impression de ne plus faire partie de cette terre.
L'oubli.

J'ouvre un œil : la journée est jeune mais le soleil est déjà fort.

Si je veux profiter d'un semblant de fraîcheur, il faut que je me lève.
Au prix d'un grand effort, je me tire du lit.
Je m'habille à la hâte, descends les escaliers quatre à quatre.
J'avale un thé et je me dirige vers le terminus routier pour réserver une place sur le climatisé-première classe qui part le soir.

La traversée des grandes artères se fait assez bien à cette heure matinale, mais lorsque j'arrive à la gare routière, les files sont déjà longues.
Je me faufile, je me retrouve parmi les premiers au guichet.
Comme d'habitude, en situation délicate, je fais celui qui ne comprend pas. Pour une fois, ça me réussit : il ne restait plus grand place sur l'autobus du soir.

Je suis content à l'idée de rouler de nuit vers la frontière indo-tibétaine sur des routes moins encombrées que pendant la journée, à travers cette campagne qui sent bon l'eucalyptus.

*

DÉPART POUR L'HIMALAYA : AU PIED DE LA MONTAGNE

Mon billet d'autobus en poche, je me sens plus léger.
J'ai toute une journée devant moi : je vais aller voir mes amis au campement tibétain de Majmukatilla situé aux abords de Delhi.

De voyage en voyage, je suis impressionné par les changements et l'expansion de cette communauté.
Il y a seulement quelques années, il n'y avait que quelques barraquements. Aujourd'hui, c'est une petite ville qui s'accroche en appendice à Delhi.
Il reste bien sûr quelques tentes. Les derniers arrivants viennent s'y blottir contre les murs déjà existants. Mais il y a surtout des maisons de deux ou trois pièces où des familles entières attendent les papiers nécessaires à leur voyage

vers d'autres horizons : Europe, États-Unis, Canada.

Depuis ma première viste, je me suis lié d'amitié avec Tamding et Denzon qui ont établi commerce à Majmukatilla. Tamding, le mari, s'occupe d'une agence de voyages, Denzon, sa femme, de deux bazars qu'elle gère de main de maître.

Chaque fois que je les retrouve, c'est comme si je rendais visite à des anges gardiens.
Ils n'ont jamais manqué d'aplanir une difficulté dans mes déplacements : ils connaissent tous les bons itinéraires en Inde et au Tibet, aux meilleurs prix. Ils connaissent aussi les bonnes adresses dans toutes les villes, qu'il s'agisse de pellicules ou d'une chambre d'hôtel. Sinon, ils ont des contacts qui m'ont épargné de coûteux bakchichs, inévitables pourboires sans quoi rien ne se fait.

Il faut avouer qu'il y a un petit côté "mafia tibétaine". Ici, on est entre amis et on se rend une foule de services sur lesquels on se garde de demander des explications.

Majmukatilla est une communauté en transit. La plupart des gens partent, ceux qui restent vivent

du commerce du transit des autres.
En fin de compte, c'est une économie circulaire où tout le monde utilise tout le monde.
Tamding et Denzon sont ravis de me voir.
Ils m'invitent à passer la journée avec eux.
Nous bavardons pendant des heures à échanger les dernières nouvelles, attablés avec du thé et de la tsampa, petites boules de farine d'orge grillé dont les Tibétains raffolent.
Vers sept heures du soir, je partage avec appétit leur repas de mets chinois, indiens et tibétains, tous plus succulents et abondants les uns que les autres.

Les questions vont bon train. Ils avaient hâte de m'entendre parler de mes projets.

Je leur explique la démarche pour laquelle je suis venu cette fois-ci.
Je pars seul dans les montagnes, dans des monastères retirés, des ermitages bönpos.
Ils ont beau me connaître, ils sont étonnés.

Les Bönpos sont un peu hors des normes du bouddhisme tibétain.
Ils se réclament d'une religion autochtone, aux racines chamaniques. En fait, ce n'est pas une religion mais une philosophie plus ancienne que le bouddhisme, venue au Tibet par l'Inde. Par

certains côtés, leurs pratiques sont plus rigoureuses, plus austères aussi, comme la terre où elles sont nées.
Il est vrai que les ermitages sont peu accueillants pour les non-yogis.
Il y a là contact avec le dépouillement sans aucune des commodités indispensables à un Occidental.

Mes amis savent que le yoga que je vais pratiquer exige une retraite dans des endroits où le commun des mortels n'aime pas s'aventurer. Ils ont vu des yogis revenir hagards de leur séjour dans une grotte de méditation.

Ils essaient de m'imaginer livré à moi-même dans des épreuves difficiles même pour des ascètes.
Connaissant mes démarches précédentes, ils se contentent de sourire.

Je quitte Tamding et Denzon à la fin de ce repas agréable et des plus reconstituants. Ils ont bien hâte de me voir à mon retour.
Ayant pris soin de négocier à l'avance le prix de la course, je saute dans un taxi qui m'emmène à la gare routière.

*

Je me retrouve assis confortablement à côté d'un Sikh.
Au bout de quelques minutes, il s'endort, appuyé contre mon épaule.
Son sommeil m'épargne sans doute une foule de questions auxquelles je ne saurais répondre de façon satisfaisante pour lui. Je ne le dérange pas.

Mais comment peut-il dormir?
Dans cet autobus, en plus de la radio avec ses chants indiens criards à mes oreilles, il y a une petite télévision.
Elle marche de façon sporadique. Lorsque le vidéo veut bien fonctionner, une danseuse donne, infatigable, un spectacle que je ne peux quitter des yeux.
Je suis médusé par sa beauté et ses contorsions. Ce mélange de tradition de spiritualité et d'érotisme pudique mais conscient de son effet sollicite en moi le meilleur et le pire.

*
***
*

L'autobus file dans la campagne plate.
Je connais bien cette route au paysage aride. De part et d'autre, la plaine poussiéreuse et terne est entrecoupée de marais aux eaux sombres,

recouverts de larges feuilles de nénuphars qui cachent les serpents d'eau.

De Delhi à Shandigarh, ville moderne construite par Le Corbusier, nous passons de la plaine et ses routes bordées d'eucalyptus aux premiers contreforts de la chaîne himalayenne.

En dépassant Shandigarh, capitale du Punjab et centre de la communauté sikh, nous nous retrouvons en hauteur. Nous traversons une région fertile qui reçoit les alluvions de plusieurs petits torrents et qui est enveloppée par les pluies tombant des nuages retenus par les cimes toutes proches.

Nous atteignons le haut Himachal Pradesh, région luxuriante, riche en fruits et légumes de toutes sortes qui est considérée comme le potager de l'Inde. De jour, ses jardins sont un régal pour les yeux. Je les sens, je les vois même dans l'obscurité.

Nous sommes passés de 300 à pratiquement 1 800 mètres. À cette altitude, l'air est frais, sec, beaucoup plus agréable qu'aux abords de Delhi.

Après douze heures de voyage, l'autobus s'immobilise dans quelques pétarades de post-combustion, comme un cheval essoufflé.

Je jette un coup d'œil par la vitre en prenant les bagages que j'ai gardés auprès de moi.

Mon ami Tenzing, un moine nyingma que j'ai rencontré il y a quelques années, est là pour m'accueillir. Il va me servir de guide et, plus important encore, de traducteur.
Tenzing connaît toute la contrée.
Les dialectes n'ont aucun secret pour lui. Il saisit et traduit avec dextérité des termes philosophiques complexes pouvant avoir des interprétations très différentes. Il me donne la possibilité de naviguer avec précision dans les méandres d'une langue qui m'est encore étrangère. Il connaît parfaitement l'anglais et il a une bonne connaissance du français.

Robuste et jeune, il m'a souvent soulagé de mon sac-à-dos dans les sentiers sinueux et raides des Himalayas.

Je ne suis pas surpris de la présence de Tenzing à mon arrivée. Le "téléphone tibétain" a fonctionné.

Tenzing va faire la route avec moi vers le monastère de Ghadong.

*

***

*

VUE DE MA CHAMBRE : LES TOITS DU MONASTÈRE.
EN ARRIÈRE PLAN, LES PREMIÈRES CHAÎNES DES HIMALAYAS.

AU PIED DE LA MONTAGNE

Mes yeux rougis par la pollution de Delhi se calment à regarder les chaînes aux sommets blanchis.

La petite ville où nous sommes arrêtés nous offre un visage plus souriant de l'Inde. Il n'y a plus d'odeurs agressantes. Juste en bordure des habitations, une riche forêt de rhododendrons en fleurs nous accueille. Une forêt, ou ce qu'il en reste. Les chèvres de montagne raffolent des feuilles et des fleurs. Jusqu'à deux mètres, deux mètres 50, les rhododendrons témoignent du festin qui en a été fait. Mais il y a aussi des mélèzes majestueux avec leurs branches qui tombent jusqu'à terre, intactes.

Je respire à pleins poumons.

Je précise à Tenzing l'objectif de ce voyage.

Il le connaît.
Très certainement, mes amis de Delhi ont communiqué avec lui.
Il me dit que c'est une grande joie de m'accompagner. L'expérience qui m'est offerte étant une occasion tout à fait unique pour lui comme pour moi.
L'expérimentation que j'ai à faire et qui doit m'exposer aux extrêmes de l'expérience humaine afin que j'y trouve mon équilibre ne fait pas partie de l'apprentissage des moines. Eux sont dans une spécialisation toute en rigueur et en discipline. Ma spécialisation à moi, si elle ne manque ni de rigueur ni de discipline, est tout autre.

Effectivement, l'initiation que je vais recevoir est réservée aux ngakpas qui bénéficient d'un statut particulier dans la communauté tibétaine.
Un ngakpa est semi-laïc, la plupart du temps marié, avec des enfants, vivant seul avec sa famille ou en communauté. Il est considéré comme celui qui a une relation privilégiée avec les forces de la nature car il communique avec les esprits habitant des lieux où le Tibétain évite de s'aventurer. De plus, il sait soumettre les démons courroucés pour en faire des protecteurs. C'est donc un personnage à part, respecté sinon un peu craint par les Tibétains.

Dans les fonctions officielles, un ngakpa reçoit d'office une place à la droite du maître de maison et les morceaux de choix. Il se distingue par ses cheveux longs souvent portés en chignon sur le haut de la tête. Il s'habille de blanc et porte le zen, grand châle bordé de rouge.

Les ngakpas sont, pour la pupart, issus de la communauté bönpo ou encore nyingma , une des quatre grandes lignées du bouddhisme tibétain. Seul un maître ayant reçu la lignée directe peut donner, à son fils ou son neveu le plus proche, l'initiation conférant ce titre à son chela, son élève. Le nouvel initié doit, par ses pratiques, démontrer qu'il est en pleine possession d'un contrôle hors de l'ordinaire. Il doit faire preuve de dons particuliers, sur le plan de la métaphysique, de la médecine, ou tout autre discipline proche du chamanisme.

Les différentes techniques de yoga de transformation ne sont transmises que par voie orale. Elles sont expérimentées jour après jour jusqu'à l'initiation finale. À ce stade, les initiés sont mis en présence d'une énergie très puissante, spécifique aux techniques apprises, qui complète la transmission.

*

***

*

Au monastère de Ghadong, nous sommes accueillis par le prieur, Tenzing Wongdak, un ngakpa lui aussi, qui a reçu son enseignement du révérend Taklung Tsetul Rimpoché.

Tenzing Wongdak est toujours l'Oracle du Tibet.

L'Oracle, c'est le prophète officiel. De hauts dignitaires dont le Dalaï-Lama, viennent le consulter pour vérifier si le moment est propice aux décisions ou aux rencontres importantes. Il ne s'agit pas de connaître l'avenir mais de voir si les grandes énergies sont favorables. L'Oracle est doté de pouvoirs qui le relient à l'énergie des éléments et il est capable, par exemple, de pressentir les tremblements de terre.

Avant tout, l'Oracle est un médium. Il n'est reconnu dans ses hautes fonctions qu'après s'être soumis à des épreuves destinées à vérifier qu'il est détenteur de pouvoirs exceptionnels. Notamment, en état de transe, il doit être capable de soutenir un casque pesant cent kilos et brandir une épée trop lourde pour plusieurs personnes. Il doit aussi être capable de tordre la lame de cette épée à main nue. C'est en état de transe que l'Oracle émet ses prophéties. Lorsque l'état de transe prend fin, il s'affaisse sans connaissance, épuisé par son déploiement de force surhumaine.

Une fois admis au poste officiel, l'Oracle est investi au cours d'une cérémonie où il reçoit des dons de toutes sortes et un titre religieux lui est conféré.

Dans la vie de tous les jours, Tenzing Wongdak est un homme dans la jeune quarantaine, à l'allure sportive et au sourire éclatant. Vêtu la plupart du temps à l'occidentale, il quitte rarement un anorak de ski que je lui ai laissé au cours d'un de mes derniers voyages.

À Ghadong, Tenzing Wongdak fait à la fois office de bibliothécaire et de personne-ressource pour les textes sacrés. Il est toujours prêt à donner des explications sur les textes dont il a une connaissance encyclopédique ou les pratiques dans lesquelles il vit.
J'ai eu maintes fois recours à sa grande érudition.

Aujourd'hui, il est volubile.
Il a tout préparé avec celui qui détient la lignée directe du yoga que je viens apprendre. Il nous dit que c'est une bénédiction que j'aie pris cette décision parce que le Rimpoché est très vieux.
C'est le temps ou jamais.

Nous aurons un jour entier de marche pour rejoindre la retraite du Maître. Il faut donc nous reposer et bien manger.

*

***

*

Je passe les deux jours suivants à me promener, à me familiariser avec l'altitude, à m'accoutumer au changement de pression.
Je renoue avec la cuisine tibétaine et me délecte des repas de momos préparés par mes amis. Les momos, espèces de chaussons faits de pâte fourrée de légumes ou de viande, figurent à tous les menus de fête.
Je profite aussi de cette halte pour faire des emplettes à la ville basse, la ville indienne.
Il faut, entre autres, que Tenzing ait des chaussures adéquates pour effectuer le voyage. J'ai besoin de dentifrice, de savon et de papier de toilette, denrées rares ici. Pour ce qui est du papier de toilette, c'est même un objet de grand luxe. Les Indiens et les Tibétains ne s'essuient pas, ils se lavent à l'eau courante s'il y en a, autrement ils se dispensent complètement de cette opération.

La veille de notre départ, je fais l'inventaire de mes valises sous les yeux émerveillés de mon accompagnateur. Il n'a jamais vu tant de choses aussi diverses que superflues.

Le moment est venu de me délester de quelques articles utiles seulement dans l'ailleurs dont je viens.
Je constate à quel point il est douloureux de se défaire de ses bagages.
Voilà un premier exercice de détachement.

Incapable de trancher, je profite de la présence de Tenzing.
Je lui demande son avis.
Quand il dit "oui oui" et part d'un grand rire, réitère "possiblement que oui", je traduis : "mets-le de côté, ça ne te servira en aucune façon".
Chez Tenzing, comme chez tous les Tibétains, le rire jaillit facilement. La surprise, le sens de l'incongru sont des déclencheurs aussi forts que la joie. Mais il faut dire que la joie est présente pour eux dans toutes les manifestations de la vie, y compris la mort.

J'exhibe un slip de bain, et moi-même je pars à rire car à l'altitude où nous sommes, les torrents sont glacés. La peau de celui qui est assez fou pour s'y risquer change de couleur en quelques instants. N'ayant nullement l'intention de me livrer à ce genre d'exercice, je laisse de côté mon slip de bain BCBG, avec regret et avec les autres vêtements.

Je me retrouve allégé de moitié.

Dehors, la nuit est tombée sans que nous nous en rendions compte. Dans le ciel sombre, les étoiles ont l'air en relief, comme des joyaux sur un fond de velours.
La lune se reflète sur le glacier dans le lointain.
Ce merveilleux tableau me retient sur le petit balcon adjacent à ma chambre qui domine la vallée.
J'inspire profondément.

Seul l'infini doit rester visible.

Je me résigne tout de même à me coucher, le cœur gonflé d'impatience.

Le soleil qui pénètre à flots par la fenêtre de ma chambre me sort d'un rêve.

Je me lève en catastrophe.
Je n'ai entendu ni les cloches du monastère ni la conque appelant à la prière.
Je saute dans la douche à l'eau presque froide, je m'habille à toute vitesse.

J'arrive au pas de course sur le perron qui fait face à la vallée.
Trop tard.
Les moines sont déjà réunis, prêts à vaquer à leurs occupations journalières.

Tenzing me fait remarquer qu'un sommeil réparateur vaut mieux qu'un dos fatigué pour prendre la route. Et, ajoute-t-il, la prière que je n'ai pu faire à cause de mon retard me laisse quand même en présence du Bouddha au fond de mon cœur.

Je partage avec Tenzing le thé au beurre de yak et la tsampa. Ce petit déjeuner à la tibétaine va nous donner l'énergie qu'il faut pour notre longue marche.

Les Tibétains ont trouvé, il ya longtemps, la recette de l'endurance : une nourriture riche et dense accompagnée de ce thé qui est plutôt comme un bouillon gras et salé et qui répond parfaitement aux exigences d'un climat rude en altitude. Le sel fixe les matières grasses dans les tissus et empêche le corps d'éliminer trop d'eau. Quant à la tsampa, elle fournit une énergie à combustion lente qui permet d'oublier la faim des heures durant.

Tenzing et moi prenons congé. Nous allons repasser par Ghadong de toute façon, il me faudra bien récupérer tout cet équipement superflu.

Lorsque nous quittons le monastère, Tenzing s'élance, le pied léger.
Je le sens joyeux à la perspective d'expériences nouvelles.

Chez moi, l'inquiétude fait surface.

J'ai peut-être laissé des choses qui pourraient être utiles...
Je passe en revue le contenu de mes bagages.
Dans le fond, je n'en avais pas tant que ça...

Ce grand maître, j'en ai beaucoup entendu parler, mais dans le fond, je n'en sais pas grand chose. Est-ce que je serai à la hauteur de son enseignement?
Et si jamais je ne tenais pas le coup?
On m'a dit qu'au cours de cette même initiation, des Tibétains ont complètement perdu la boussole. Et moi qui débarque d'un environnement douillet...

Je vois que Tenzing a pris de l'avance.
Habillé à l'occidentale pour la route, il pourrait passer pour un athlète, avec ses jeans, son

chandail et ses Nike flambant neufs, dont il n'est pas peu fier.

Je presse le pas.

Une autre inquiétude me saisit.
Est-ce qu'il y a encore des incidents à la frontière?
Nous allons passer de l'Himachal Pradesh au Punjab, une frontière où se produisent souvent des accrochages entre Sikhs, Musulmans et Hindous.

Encore une inquiétude superflue.
Sur le nombre de fois que j'ai traversé la frontière, le plus gros problème a été de négocier au plus bas le bakchich pour le passage, formule de péage qui paraît bien normale ici.
Alors que nous arrivons au pied du monastère, un vieux Jeep récupéré de la guerre des Indes, tenant de peur avec quelques fils de fer, vient à notre rencontre en pétaradant.
Il va nous amener de Ghadong à Simla.

J'ai hâte de revoir cette petite ville luxuriante et prospère. À cause de son climat agréable, le vice-roi y avait établi sa propriété d'été alors que l'Inde était encore sous le joug britannique.
C'est, depuis, un lieu de vacances privilégié et une station de sports d'hiver.

De Simla, nous repartirons à pied pour rejoindre la retraite du Maître.

*

Le trajet en Jeep est fatigant.
La route, en piteux état, est encombrée de tout ce qui peut rouler.
Les coups de klaxon n'arrêtent pas, on nous dépasse sur la gauche, sur la droite, à grand renfort de bouffées de combustible en tout genre.
Pour comble de malchance, à cause de travaux sur la chaussée, il nous faut faire un décochement qui nous oblige à repasser par le Punjab et à franchir une nouvelle fois la frontière.
Cette frontière est marquée par trois chicanes successives avec, à chacune, un poste de contrôle tenu par des soldats sikhs armés de vieux fusils anglais de calibre 303.
Les militaires vérifient l'identité de tout individu passant d'un état à l'autre. Il s'agit surtout de prévenir les heurts entre les communautés sikh et hindoue mais aussi d'éviter tout trafic avec des Occidentaux et bien souvent par ces derniers. Trafic de drogues surtout, dans une région où la marijuana pousse à profusion, un rêve pour les anciens hippies restés là pour profiter de cette manne. Il se fait aussi tout un trafic de petits objets électroniques, surtout des ordinateurs fabriqués à bas prix en Asie.

Autant de prétextes à gros bakchich pour les militaires.

J'ignore pourquoi, mais cette fois, je n'ai même pas à me plier à la coutume locale.
Tenzing me dit que c'est un excellent présage et que certainement, le yoga que je vais pratiquer fait déjà son effet. Mais, ajoute-t-il, les Tibétains disent que si la démarche est importante, il faut continuer la route, même si l'on a déjà reçu ce que l'on va chercher. Autrement, ce serait un peu comme manger une pomme sans reconnaître le pommier près duquel on passe en hiver et qui a partagé avec nous sa vie.

*

Au bout de six heures d'un voyage pénible, le Jeep essoufflé s'arrête près de la place centrale de Simla, son terminus.
Nous sommes à 2 100 mètres d'altitude.

Bien contents de retrouver la terre ferme, sacs à dos bien arrimés, Tenzing et moi entamons notre marche vers les sentiers montagneux.

Une chose extraordinaire se passe alors pour moi.
Deux heures plus tard, je me rends compte qu'il

ne m'est pas venu à l'idée de me retourner pour voir le chemin parcouru.

J'ai oublié mes angoisses.

Alors que l'altitude est quand même importante, j'arrive le pied léger aux portes du monastère où nous sommes déjà attendus.

*

***

*

TENZING WONGDAK, LE MAÎTRE DU MONASTÈRE DE GHADONG, NGAKPA ET ORACLE DU TIBET, ISSU D'UNE GRANDE FAMILLE DÉTENANT CETTE FONCTION DEPUIS PLUSIEURS SIÈCLES.

RENCONTRE AVEC LE MAÎTRE

Un moine nous accueille au portail de la gompa.

Dans la cour, une nuée de moinillons se tiraille et court en s'interpellant.
Notre entrée met le comble à leur excitation. On se donne des coups de coude, on ricane beaucoup. Leurs beaux visages luisants de fraîcheur et de jeunesse sous les crânes rasés sont pleins de malice et de curiosité enfantine. Ils ont six, sept ans, les plus vieux, douze ans peut-être. Ils disparaissent dans un tourbillon de robes rouges.

Le moine nous entraîne directement à nos chambres et je suis étonné de voir celle qu'on me propose. Il y a deux lits, une table basse, un autel avec des statuettes et des offrandes fraîchement disposées dans une rangée de petits bols. Contrairement aux autres, ma fenêtre est

pourvue de carreaux. La chambre donne sur un balcon qui fait face à la vallée.
Avec un sourire épanoui, le moine nous confie que cet appartement est celui du Maître. Il a tenu à me l'offrir puisque je suis l'ami de Tenzing Wongdak, l'Oracle du Tibet. À cause des travaux à la gompa, plusieurs appartements ont été déménagés temporairement. Lui-même occupe l'appartement contigu au monastère. Je constate effectivement que toute une aile est en construction, signe que le monastère est en expansion.

Je laisse choir mon sac à dos sur le lit. Je sors la khata que j'ai emportée pour cette grande occasion. Elle est de soie fine, comme il convient au rang de la personne à qui je vais rendre hommage.

Chez les Tibétains, la khata est l'offrande traditionnelle.
C'est un signe de respect et de remerciement tellement répandu qu'on fabrique des khatas comme des T-shirts. Cela n'enlève rien à l'importance du geste pour celui qui donne et celui qui reçoit. Je sais que, comme tous les cadeaux, ma khata sera reçue avec une gratitude profondément ressentie. Je sais aussi que seul compte l'esprit de l'offrande. Celui qui va la

recevoir le fera en toute liberté de redonner l'objet. Il en est ainsi de tous les présents, sauf ceux qui peuvent bénéficier à l'ensemble de la communauté.

Nous nous rendons sans plus tarder à l'appartement du Rimpoché pour lui manifester notre présence et le remercier de sa générosité. Le moine nous précède, je reconnais mon nom prononcé à la tibétaine. Puis, en inclinant légèrement la tête, il ouvre d'un large geste la tenture pour nous donner accès. Il disparaît dans un coin de la grande pièce.

Je me prosterne devant ce maître dont Tenzing Wongdak m'a parlé avec effusion.

J'ai en face de moi un être plutôt massif, aux rondeurs androgynes, comme beaucoup de vieux moines tibétains. Un visage presque féminin où les années et la sagesse ont creusé leurs sillons.
Il est exactement comme sur les photos, majestueux, légèrement affaissé par l'âge, épaules et dos courbes, mais l'œil vif.

Il me revient à l'esprit une photo de groupe, prise dans la cour de la gompa : Taklung Tsetul Rimpoché siège au centre. Autour de lui, devant et derrière lui, des rangées de tout jeunes moines, pas encore adolescents, qui essaient tant bien que mal de prendre un air de circonstance. Les poses sont rigides mais les regards trahissent le vagabondage des têtes enfantines. Le Maître a l'air dans son élément comme un grand-père entouré de sa famille, pleinement conscient des espiègleries que va trahir l'instantané.

Tenzing Wongdak me disait que le saint Rimpoché continue d'enseigner aux enfants la philosophie nyingma comme il l'a fait toute sa vie.

Le Maître lit dans mon regard.
Il sourit. En silence.

D'un geste, il m'invite à m'avancer.

Je me prosterne.

Je lui présente la khata qu'il accepte avec grand plaisir.
À son tour, il m'en offre une. Après l'avoir portée à son front, il la dépose délicatement autour de mon cou.
Puis, on nous sert le thé.

Je remarque les murs qui nous entourent, chargés de lourdes thankas représentant la lignée de ce grand maître et ses yidams, dieux protecteurs dont il a la transmission directe.
Les thankas, ces représentations peintes ou brodées sur de l'étoffe, sont riches en détails qui symbolisent le Bouddha, les divinités, les dakinis, divinités féminines de l'initiation ou les yidams dans tous leurs attributs. Les déités représentées sont pourvues de bras multiples, de bras munis de couteaux, de couronnes de crânes, de têtes de différentes couleurs. Elles sont dépeintes avec une énorme bouche qui peut traduire la colère ou le courroux. Une iconographie à la fois complexe et naïve, haute en couleurs, exécutée dans tous les tons de l'arc-en-ciel, symbole du Tibet.

Du haut du lit qui lui sert de trône,Taklung Tsetul Rimpoché me toise de ses petits yeux rieurs.

Le saint homme m'enveloppe de douceur, comme un père heureux de revoir un fils depuis longtemps parti à l'étranger. Ses paroles et ses gestes sont lents mais ont la légèreté d'une caresse sur la tête d'un nouveau-né.

Il émane de sa personne une immense sagesse, une tendresse qui annule presqu'immédiatement

l'impression d'être vu dans ses moindres recoins.
Son regard me dit :

Je sais.
Je sais la vie, je sais la joie comme je sais la souffrance.
Je sais qui tu es.
Je sais par quoi tu vas passer, j'en suis à la fois peiné et heureux, moi qui suis passé par là mille et mille fois. Je suis touché de ton désir d'apprendre de moi.

Je me trouve tellement bien en sa présence que le temps n'existe plus. Sa personne, sa conversation, les informations qu'il me donne sur le yoga que je vais pratiquer me fascinent.

Je me sens transporté, presque fébrile.

Le même moine réapparaît dans les plis de la tenture. Il vient dire quelques mots à l'oreille du vénérable maître. Je comprends qu'il est temps de prendre congé.

En retournant dans mon appartement, je constate qu'il fait nuit. Je ressens encore la présence

de Taklung Tsetul Rimpoché autour de moi et à l'intérieur de moi.
Je comprends que toute la démarche se fera aussi bien en sa présence que durant mon sommeil. Elle a déjà commencé. Même avant d'avoir étudié, tout me paraît clair.

Son regard, ses paroles sont limpides :

L'énergie pure n'a aucune forme, aucune limite et n'a pas besoin d'être comprise.
Accepte-la, laisse-la entrer dans ton cœur.
C'est la communion qui transforme.

Cet homme souriant et lumineux n'a rien d'un maître austère. Tout en lui semble dire :

À quoi bon s'en faire lorsque le cœur est amour et le corps lumière?
Tout ce qui naît doit se transformer.

Les paroles de Tenzing Wongdak à son sujet me reviennent.

“Taklung Tsetul Rimpoché est un des plus grands maîtres qui soient. C'est un grand tulku, une réincarnation. Pour nous, Tibétains, les U dans ses deux noms, TaklUng TsetUl, le désignent automatiquement comme un tulku. Il est lui-même descendant de grands Ladhakis. Il a reçu toutes les initiations, il a fait pendant plusieurs années des retraites pour parfaire les yogas tantriques les plus avancés. Taklung Tsetul Rimpoché est passé par toutes les épreuves. Il a l'expérience requise pour garantir ses chelas de toute erreur de jugement qui pourrait survenir au cours des enseignements.

Ce grand lama jouit dans sa communauté du titre de saint homme, mais il n'en tire aucun orgueil. Au contraire, il est toujours prêt à plaisanter sur lui-même et les circonstances de sa longue vie. Ne sois pas intimidé par ses silences. Plus il vieillit, plus il simplifie. Il a maintenant plus de quatre-vingts ans. Ses gestes et ses paroles sont réduits au plus strict essentiel. C'est sa façon de faire comprendre que chaque geste doit être important, que chaque parole doit être pertinente, une leçon, une réponse au questionnement intérieur."

Tenzing Wongdak m'a dit que la douceur du saint Rimpoché, tout comme ses paroles, va me soutenir dans mon inititation et bien après, alors que le Maître sera détaché de cette vie. Ce sera comme un baume, une caresse qui nous guidera, lui Tenzing Wongdak, moi et bien

d'autres, pour parfaire encore notre éducation et notre éveil.
J'ai affaire à un être extraordinaire.

J'ai vu, dans ce beau visage de vieillard, la compassion venue d'une longue expérience de la joie et de la douleur. J'y ai trouvé la compréhension de mon besoin de connaître, d'être rassuré et éclairé dans mon apprentissage.

De retour dans mon appartement, je m'étends sur le lit.
Mes craintes face à l'initiation que je vais recevoir se sont estompées. Je suis en bonnes mains.

La première leçon du Maître résonne dans tout mon être en attente :

Tu seras poussé à tes limites, dans ton corps et dans ton esprit.
Mais souviens-toi à tout moment que bien d'autres sont passés par là avant toi.
Seule la connaissance des extrêmes peut amener un équilibre de sagesse au fond du cœur.
Tu comprendras, tôt ou tard, que la douleur ne doit pas être vécue avec abnégation, mais qu'elle se range parmi les joies de l'existence en évolution.

Quand j'ouvre les yeux, il fait jour.
Les cimes se détachent sur un ciel rose-orange.

J'ai dormi d'un sommeil conscient.
J'avais quitté mon enveloppe charnelle et je flottais au-dessus du monastère, enveloppé par les fumées d'encens et bercé par le bruit des damarus et des cloches des offices de nuit.

Après une toilette rapide, je prends le thé qu'un jeune moine est venu me porter. Il m'informe qu'on m'attend déjà.

*
***
*

Le Maître et Tenzing sont dans la cour.
Le Maître nous entraîne tout de suite hors de l'enceinte sur un petit sentier.

Je suis étonné de son aisance à gravir ce chemin rocailleux et raide même pour moi.
Nous nous retrouvons rapidement au sommet d'un monticule, non loin du monastère.

J'éprouve un léger serrement de tête dû à l'altitude.

En même temps, je me sens dans un état second, comme porté par cet être lumineux.
Il contemple avec recueillement le paysage qui s'offre à nous, comme s'il le voyait pour la première fois et qu'il en était reconnaissant.

Ce maître si vénéré est-il un enfant aux yeux pétillants de malice ou un vieillard?
Est-il possible d'être sans cesse en renouveau même dans un corps qui porte le poids de la vie et de ses épreuves?

Le cœur seul compte.

Je remarque des cicatrices sur son épaule droite.

Tenzing Wongdak m'a parlé d'une bataille légendaire avec des esprits malins qui tourmentaient un groupe de gens habitant la vallée.
Est-ce le prix de sa victoire?

Les grands yogis ont le don de vivre sur différents plans en même temps.
Comment font-ils pour rester dans le samsâra, ce déroulement des réincarnations que nous appelons la vie, alors que l'autre partie d'eux-mêmes est aux pieds des Bouddhas?

Le Maître surprend à nouveau mon regard.
Je me sens enveloppé de douceur.
Elle émane de lui car le paysage autour de nous est aride. Les roches ont été sculptées, léchées par les vents des cimes depuis le début des temps.

Je ne peux m'empêcher de faire une relation entre les corps des yogis décharnés, voire mutilés par les expériences mystiques et la puissance qui se dégage de ces cimes où les dieux ont leur trône.

Je comprends tout à coup pourquoi le Maître a choisi cet endroit.
Il faut que je sois en contact direct avec les forces des lieux, avec l'immensité du temps dans laquelle nous ne sommes que de minuscules particules.
Le retour à l'essentiel doit se faire face à la majesté des éléments qui nous transmettent leur énergie.

Taklung Tsetul Rimpoché me dit :
Regarde au-delà de la structure, regarde au-delà de l'œil, respire au-delà de l'air, le divin est dans chaque être et dans chaque chose.
Tes yeux te trompent, sois un enfant.

Comme s'il avait compris mes réflexions, il poursuit en souriant :

Tout notre être physique répond à la globalité de la création.

Il me montre le ciel, la montagne. Puis il m'invite à m'asseoir en face de lui sur une des roches plates qui se trouvent à nos pieds.

Les cinq centres de ce corps peuvent nous faire entrer en contact privilégié avec les différents plans de la création et entraîner l'illumination.

Les mantras vont te mener à la connaissance de ces cinq centres d'énergie.
Laisse les sons et leurs vibrations te guider.
Médite-les, habite-les pleinement.

Puis, il m'invite à exécuter les cinq mantras accompagnés d'un geste des mains qui désigne chacun des centres. OM, HA, HUNG, SWA, AH.

Mains jointes au-dessus de la tête, paumes vers l'intérieur, nous faisons le OM.

Tout mon crâne résonne, l'arrière de mon nez prend une ampleur que je ne lui connaissais pas.
Les vibrations se logent dans le cerveau, les sinus, en arrière de ma tête.
En faisant écho au Maître, je me sens enveloppé dans le son primordial qu'il laisse jaillir. Pour la première fois, j'en éprouve toute la vigueur en moi-même.

Les mantras que je crois connaître, que je pratique depuis des années, prennent une résonance tout autre. Je suis hissé à un niveau de compréhension directe que je n'avais jamais atteint.

Mains descendant au niveau de la gorge, nous faisons maintenant un HA qui ouvre en même temps le gosier et les poumons.
Je sens mon souffle puiser largement dans toute ma poitrine pour s'élancer dans un son plein qui me dégage la gorge et le cou.

Nos mains descendent lentement des deux côtés du corps et s'arrêtent au niveau du cœur, paumes détendues et creuses, tenues autour des côtes : HUNG, la cage thoracique s'ouvre et lance une profonde vibration.

Les mains continuent de descendre dans un même geste tout en rondeur.
Elles se positionnent au niveau du ventre. Le SWA vient appuyer sur les organes digestifs et les dégage avec ce son grave venu des tripes.

Alors que les mains, paumes vers le haut, viennent reposer sur la naissance des cuisses et se rejoindre au niveau du sacrum, le AH se place dans le bas-ventre avec une puissance qui me relie à la terre.

Tout en accompagnant le Maître, je me laisse guider par sa voix ample, profonde et son souffle remarquable qui a l'air de s'éteindre en se perdant dans les montagnes.
Yeux à demi-fermés dans le recueillement et la concentration, nous exécutons les mantras trois fois.

De haut en bas et de bas en haut.

OM - HA - HUNG - SWA - AH - AH - SWA - HUNG - HA - OM

À chaque passage, je sens mon corps se recharger, comme si un ascenseur d'énergie s'était mis à fonctionner à l'intérieur de moi.

Le Maître conclut les mantras par le mudra de remerciement, adressé à son nouveau chela et à la nature ambiante.

Il maintient quelques instants un silence recueilli, attentif à ce qui se passe en lui.

Je sens les vibrations des mantras dans chacun des centres qui se fondent en harmonie dans tout mon corps. Je sens aussi une chaleur qui se dégage de chacun des centres visités et se répand depuis mon cuir chevelu jusqu'au bout de mes orteils.
Je suis porté et nourri par ma propre énergie.
Jamais je n'ai eu accès d'aussi près à mon essence.

J'éprouve une sensation de calme physique et de bien-être. Je me sens à la fois léger et solidement ancré.

Le Maître ouvre les yeux.

Il fait un geste vers le ciel, puis vers sa propre tête.

La tête nous relie directement avec les plans divins.

Elle en a l'énergie vibratoire.
Ce premier centre est aussi la source de l'ego parce qu'il est le siège de l'intellect. Cette fonction est un poison car elle est la principale source de confusion mentale.

Le Maître désigne son cou.

La gorge est le centre du verbe.
L'énergie qui émane de ce centre anime la création.
La parole donne vie à notre espace intérieur. Nous pouvons nous hisser vers les cieux ou au contraire tomber plus bas que nos frères les animaux.
En effet, ce centre répond aux dieux jaloux. Ces divinités en état de devenir sont encore esclaves de leurs pouvoirs. Elles trouvent écho dans notre désir de contrôle et de manipulation.

En posant ses deux mains sur sa poitrine, il dit :
Le cœur est directement relié à l'humain.
C'est le point central du corps dont la principale fonction est la compréhension des états ressentis par les sens.
Le cœur entre continuellement en conflit avec ce qui est le plus haut et avec ce qui est le plus bas. Il lui faut dépasser ses réactions émotives pour compenser et équilibrer les extrêmes.
Ce centre est le siège de la compassion.

Il tape sur son ample ventre en riant et poursuit:

C'est de ce centre qu'émanent nos besoins de pitance et de gain. Il nous maintient dans le règne animal si nous n'y prenons garde.
Ce quatrième centre, siège de l'énergie ancestrale, est notre chaudron de vie. Comme la vie, il est terre à terre et noble à la fois.
Honore-le car lui aussi répond au divin.

Laissant ses mains se déposer au centre du lotus majestueux qu'il forme, le Maître dit, une étincelle dans l'œil :

Le centre génital est source de vie.
C'est par les fonctions de ce centre que le corps sert de réceptacle à l'âme en cours d'évolution.
C'est le point de rencontre des énergies montantes et descendantes, le siège de notre puissance.
Il répond directement à la terre et à l'esprit.
C'est l'assise de la création. Toutefois, il ne devrait être mis en action que par le cœur.
Ce n'est que dans l'amour que l'être humain peut s'accomplir.
Ce dernier centre nous ramène au plan divin.
Tout comme l'ombilic, c'est un centre à honorer.
Chaque centre est essentiel à la vie.
Chacun représente une fonction et le tout doit

être en harmonie. Mais il n'est pas d'harmonie sans conscience, il n'est pas de conscience sans équilibre.
L'humain est relié à la fois à la terre et au ciel. Il est le seul être de la création à le savoir et il l'oublie.

Tu apprendras à habiter totalement chacun de tes centres.
Tu expérimenteras leurs fonctions, celles qui les relient à la terre et celles qui les relient au ciel.
Tu en expérimenteras les extrêmes.
Ayant compris la globalité de tous tes centres, tu verras que chacun contient l'univers.

En quelques mots-clés, Taklung Tsetul Rimpoché me transmet le plus beau billet de voyage pour l'univers. Il m'envoie explorer de l'intérieur la totalité de ce qui constitue notre réalité.
Il ajoute que cette visite des centres me mettra en relation directe avec les bardos, différents plans de conscience que l'on est amené à traverser après la mort.

Le précieux Rimpoché me jette alors un regard venant de l'intérieur où l'œil ne regarde pas mais englobe. Il se tourne aussi vers Tenzing qui écoute dans un profond recueillement. Son visage semble nous dire :

Hélas, tout ce qui nous entoure est enveloppé dans un manteau de peur.
La peur d'ouvrir les yeux sur nous-mêmes empêche la clarté divine de nous transposer sur un plan que nous ne connaissons pas encore.
L'être humain se raccroche à un vécu rassurant mais stagnant.
Tant qu'il se raccroche, il retombe dans le samsâra.

La connaissance de ces cinq centres nous donne la possibilité d'agir sur le créé et l'incréé, la création et ce qui peut en découler. Elle fait de l'individu un bodhisattva, un être réalisé qui est en disponibilité pour mener la création à son apogée, ce que nous appelons l'état d'illumination complète dans le Bouddha.

Tenzing me chuchote à l'oreille qu'il vient de comprendre un des principes qui ne sont pas enseignés aux moines de cette façon et il est plein de gratitude à mon égard pour l'avoir choisi comme interprète.

Et moi, je comprends que tout ce que je pensais connaître est en train de voler en éclat.
Comme de la vitre sous la pression du diamant.

J'ai à apprendre à réhabiter tout mon être avec la compréhension et le respect dûs à l'œuvre du divin.

*

***

Tout à coup, un léger frisson me fait lever les yeux.

Tenzing aide le Maître à se relever.

Le soleil est descendu derrière les montagnes et la température a baissé.
J'enfile les manches de ma tchuba que j'ai laissée pendre autour de ma taille, à la tibétaine.
Des nuages, changeant de couleur dans les jeux du soleil couchant, viennent de plus en plus vite et dansent dans le ciel.

Sur un signe du Maître, nous récitons quelques mantras. Je sens des picotements tandis que mon corps se charge de l'énergie montant de la vallée et de celle se dégageant de la montagne.

Tout à notre méditation profonde, nous redescendons au monastère où commencent les cérémonies nocturnes, rythmées par les damarus, les petits tambours à double face, et les cloches.

NGAKPA YESHI DORGE RIMPOCHÉ DÉTIENT UN GRAND POUVOIR SUR LES ÉLÉMENTS DE LA NATURE. IL EST UN YOGI SORCIER ET LE MAÎTRE DE LA PLUIE ET DU BEAU TEMPS.
PHOTO PRISE AU MONASTÈRE ZILMOM KAGYELING.

VISITE AUX CENTRES

LA TÊTE

De mon balcon, j'assiste au lever du soleil sur les montagnes.
Il est grandiose ce matin.
Je me sens en état de disponibilité totale pour l'enseignement à recevoir dont on m'a dit peu de chose.

Taklung Tsetul Rimpoché, lui, ne m'a dit que ceci :
L'enfer est un, le ciel est de même.
Tout est impermanence.

Tenzing et moi prenons un petit déjeuner rapide et nous nous mettons en route.

La journée est belle, l'air vif.
Nous marchons en silence, tchubas roulées à la taille.

Je m'imprègne du paysage ample et aride, de l'énergie immense qui s'en dégage. J'inspire profondément et j'expire à pleins poumons pour éviter les points de côté.

Devant moi je ne vois que les Nike d'un blanc éclatant de mon compagnon.
Ils vont bon train.
Je suis ces souliers, incongrus au-dessous de la tchuba, qui ont l'air de marcher tout seuls.

Je me demande à quoi Tenzing peut bien penser.
Je repousse mes propres interrogations.

Nous marchons depuis plus de deux heures lorsque nous débouchons sur un plateau balayé par le vent.

Au détour du sentier se dresse un chörten comme on en trouve beaucoup sur les pistes de montagne, chargé d'offrandes.
Petits monuments de pierre qui symbolisent le corps, la parole et l'esprit du Bouddha, les chörtens rappellent au passant qu'il fait partie d'une communauté dans un même cheminement. Ils contiennent des reliques et on y dépose toutes sortes d'offrandes, petits bols de riz, fleurs, morceaux de biscuits. La plupart du

temps, ils sont entourés de mats de bois sur lesquels flottent des chevaux de souffle, morceaux d'étoffe où sont écrites des prières que le vent porte aux dieux. Dans le temps, les pèlerins laissaient des lambeaux de leur tchuba ou de leur chemise. Aujourd'hui, les chevaux de souffle, tout comme les khatas, s'achètent tout faits. Les prières sont imprimées d'avance.
Il s'agit d'obtenir la clémence des dieux des cols et des sommets.

Le chörten est suivi d'amoncellements de pierres posées les unes sur les autres.

Nous faisons halte pour nous recueillir.
Tenzing dépose une nouvelle pierre.

Le témoignage d'autres passages me ramène à ma démarche.
Je rends hommage à ceux qui l'ont accomplie avant moi et mon recueillement dissipe un peu mes craintes par rapport à l'épreuve à venir.

*

***

*

Nous faisons encore quelques pas et atteignons un autre plateau.

Un groupe de vautours prend un envol.
Ils sont énormes. Je n'en ai jamais vu d'aussi près.

En quelques instants, comme un signal venu pour nous ramener sur terre, le vent change de côté et apporte à nos narines une odeur âcre et écœurante à la fois.
La mort.

C'est bien ça.
Nous sommes juste au-dessus d'un charnier.

Un charnier.

Je chancelle.

Je ne survivrai pas trois jours ici.
Si je ne meurs pas de frayeur, les vautours se chargeront de moi.

De part et d'autre du promontoire où je me tiens, des os et des membres épars forment un champ de détritus nauséabonds.

Ici, un charnier est un cimetière à ciel ouvert. Le sol gelé ou trop dur ne permet pas les enterrements. Lorsque les corps ne sont pas incinérés, comme c'est le cas pour la plupart des religieux, les cadavres sont démembrés et laissés en pâture aux animaux sauvages. On respecte même le travail des rapaces. Il faut que le cycle de la vie s'accomplisse.

Les restants d'êtres humains ont déjà subi le sort de la transformation. Aujourd'hui, vides de toute énergie divine, ils nourrissent les esprits affamés.

Toute vie naît d'une mort.
Toute vigueur nouvelle prend naissance dans la décomposition.

Je regarde autour de moi et j'aperçois mon maître sur un rocher élevé.
Il est assis en méditation profonde.

Je m'approche.
Le Rimpoché émerge lentement de sa concentration. Puis, il sort de sa tchuba un kapala, bol fait d'une calotte crânienne dans lequel il verse du Tchang, un alcool de riz qu'il a apporté dans une petite bouteille.

Nous y buvons tour à tour.
J'en prends une généreuse gorgée qui me brûle la poitrine.

L’alcool m’étourdit quelques instants mais sa chaleur me ramène à terre.

Le Maître me regarde longuement.
Il esquisse un signe de tête comme pour dire : “Voilà qui est bien”.

Sans qu’il ait besoin de parler, je l’entends :

C’est ici que se dresse la peur de l’inconnu.
La seule vérité est la vérité présente et cette dernière changera demain.

Puis il me dit :

Tu vas passer les trois prochains jours ici.
Tu es en présence de l’essence de ton existence.
Ce que ton œil voit autour de toi, c’est ce qui restera lorsque tu te seras dépassé.

Il ramasse un crâne ouvert.

Nous ne sommes qu’un passage dans le cycle continu de la vie et de la mort.

Il me montre, à l’intérieur, un os en forme de chauve-souris aux ailes déployées. J’y reconnais la grande cavité des sinus. C’est juste au-dessus que loge le centre régulateur de notre appareil glandulaire.

Tout yogi doit être un cavalier et faire résonner les sabots de son cheval divin dans le tambour sacré.

Pour la première fois, je vois la signification de cette formule.

Le tambour, c'est cette grande cavité appelée sinus sphénoïdal. Le cheval dont les sabots résonnent, c'est l'hypophyse, chef d'orchestre du système endocrinien. Ce cheval est divin parce qu'il répond aux plans supérieurs.
C'est là que le physique entre en communion avec l'âme.
Les vibrations des mantras, renforcées par la résonance des damarus et des cloches stimulent tout le système nerveux.
Par cette action, le corps se recharge d'énergie qui le met à l'abri de tout assaut.

Le Maître ajoute :

Tu es homme de diamant. Comme lui, tu trancheras le dur et éclaireras les ténèbres.

Nulle peur, nulle angoisse ne doit te faire barrière.
Toute la structure de ton corps sera plus forte que la mort.
N'aie point peur, ne te défends point, rien ne peut t'arriver.

Sur ces mots, d'un geste brusque, il saisit le foulard que j'ai autour du cou et me demande s'il m'appartient.
Je fais signe que oui.
Il me l'enlève, le met en boule dans un poing d'une fermeté inhabituelle et le jette au loin.

Il me demande si cela m'a fait mal.
Je me retrouve démuni et incapable de répondre.
Il ajoute avec une douceur qui me rassure sur l'intention de son geste :

Calme tes émotions et ta fébrilité.

La leçon est claire.
Je dois me départir de toute chose sans ressentir de souffrance.
Le Maître me rappelle alors que mon mala sera mon unique compagnon pendant ces trois jours d'épreuve.

Le mala que je vais confectionner.
Celui que je porte au poignet ne fait pas l'affaire. Il faut que je travaille moi-même les crânes qui m'entourent. Je dois entrer physiquement dans la compréhension de l'impermanence.

Ce qui est vivant aujourd'hui sera transformé demain.
Seule l'énergie issue de ton corps pourra renaître.
Nous sommes dans un état fœtal. Pas plus que le bébé ne se souvient du placenta, celui qui quitte cette terre ne se souvient de son corps.
Tout comme la mère a nourri son enfant avant qu'il vienne au monde, l'homme doit nourrir son âme avant qu'elle retourne au divin.

Le Maître ferme les yeux pour se recueillir et m'inviter au silence.

Lorsque nous rouvrons les yeux, il m'entraîne dans les cinq respirations que je dois pratiquer pour traverser ces trois jours et ces trois nuits où j'aurai mon thermos de thé pour toute provision. Voyant que je respire avec réticence, il me rappelle que les poumons doivent travailler librement pour bien oxygéner le sang. Où que je sois, il me faut trouver mon centre pour diminuer les réactions du système nerveux.

Il me fait observer sa position : bien assis sur les ischions, les os des fesses, colonne vertébrale en verticalité souple.

Comme lui, j'inspire profondément par le haut du nez et j'expire en raclant, toujours par le nez.

Nous commençons par la respiration calmante. Cette respiration, dit-il, diminue l'activité interne. Après une pause, le temps d'expiration est le double du temps d'inspiration.

Nous exécutons la respiration sept fois et effectivement, je sens la panique se dissiper.

Nous faisons ensuite sept respirations équilibrantes.
L'inspiration et l'expiration se font en temps égaux.

Puis sept respirations stimulantes, avec une inspiration deux fois plus longue que l'expiration.
Le Maître m'explique que la respiration suivante appelée lunaire/solaire nettoie les trois canaux subtils et leur permet de recevoir l'énergie qui circule dans le corps.

Ces deux canaux sont situés de part et d'autre de la colonne vertébrale.
Le côté droit est positif et solaire, le côté gauche est négatif et lunaire. Le canal central relie le coccyx aux yeux.
L'inspiration et l'expiration se font en trois parties égales, trois fois vers la gauche, trois fois vers la droite, trois fois de face.

Nous concluons par sept respirations énergisantes avec une expiration quatre fois plus rapide que l'inspiration.
Celle-ci, explique le Maître, pousse l'énergie dans les extrémités, surtout dans les mains. L'énergie dépasse le mouvement.

Il m'invite à rester assis le temps de ressentir les effets de cet exercice.

Sans dire un mot, le Maître fait un signe de tête à Tenzing.
Il se relève lentement et, sans se retourner, tous deux reprennent le chemin de la gompa.

Je me retrouve seul au milieu du charnier.

Tandis que le soir descend, la terre se réveille et exhale avec force les odeurs des corps démembrés. Je prends appui sur la roche où était mon maître comme pour me préserver d'une attaque venant de l'arrière.

Ce contact me rassure un peu.

Je reste adossé là jusqu'à ce que le calme se fasse en moi.
Je me centre en fermant les yeux pour ne pas voir la danse macabre des vautours.
Je reprends les respirations.

Mon corps se relâche, mon esprit s'apaise.

Je termine sur la respiration stimulante afin de passer la nuit dans une torpeur, mais l'esprit éveillé.

Revenu dans une attitude d'équilibre intérieur, j'entame les mantras afin que la vibration habite toute ma tête.
Sur le son OM, je visualise une couleur blanche, une transparence plutôt, pure et lumineuse comme le diamant.
Une radiance emplit ma tête et me relie au ciel.

Une grande légèreté partie du sommet de la tête s'installe dans tout mon corps.

Un frisson me parcourt. J'ouvre les yeux.
La nuit est déjà passée.
Un léger vent vient de se lever.

Je change de position pour faire face au soleil. J'invite la divinité, sa chaleur et sa lumière à s'installer dans mon corps endolori par une nuit passée assis en position de lotus.

Je me lève avec grande difficulté.

Je vois, en contournant le rocher, que d'autres avant moi ont fait ce genre d'exercice : une pierre plate est posée là, prête à recevoir les fesses durcies d'un yogi. Je fais quelques prosternations et je prends refuge dans mon maître.

J'exécute les cinq respirations, repars dans quelques mantras et, le soleil ayant changé de couleur, je me permets une tasse de thé.

Je me lève pour admirer le paysage lointain qui s'offre à moi. Les nuages encore enclavés dans la vallée me font penser à une couverture de laine pour tenir au chaud les gens qui n'ont pas de toit.
Je me laisse aller à cette pensée réconfortante tandis que le vent qui se lève me rappelle brutalement mon environnement.

J'ai un haut le cœur.

Je serre mon mala sur ma poitrine.

Il me rappelle que j'ai de l'ouvrage.
Il est temps que je me mette au travail.

Il n'y a pas que des ossements autour de moi. Le sol est jonché de morceaux de membres, de touffes de cheveux, de lambeaux d'étoffe.

Où que je mette le pied, je marche sur des débris humains.

Ce que ton œil voit autour de toi, c'est ce qui restera lorsque tu te seras dépassé.
Tout ce qui est épars n'était qu'un.

Je m'approche d'un crâne. J'hésite d'abord à le toucher. Je me demande si les esprits affamés ont terminé leur festin et, dans le cas contraire, s'ils ne se jetteront pas sur moi.

Je m'acharne sur la première calotte crânienne. Mon canif ripe. J'ai beaucoup de difficulté à entamer l'os. Et il faut que je découpe plus d'une centaine de rondelles...
Je n'y arriverai jamais en trois jours.

Je m'y reprends à plusieurs fois avant d'aboutir à un éclat d'os acceptable mais informe. Je le frotte longuement sur une pierre pour lui donner un semblant de rondeur.
Au bout de plusieurs heures de concentration, de nombreux échecs et de quelques succès, je me retrouve avec des rondelles approximatives.
Je les enfile sur une cordelette en me disant que les premiers pas sont les plus difficiles.

Tout en construisant le mala, je chante des mantras.
Je les offre à ceux qui me servent de support et à qui ces corps appartenaient.
Je les libère tout comme j'essaie de me libérer moi-même par ce rituel.

Que ces mantras leur parviennent, par-delà les bardos, et viennent enrichir leur vie future!
Mes actions me mettent en relation avec ma propre structure.
Je ressens ma tête, je ressens mes os et j'ai l'impression que ces morceaux de crânes ne sont que des morceaux de moi-même.

Je me prends à songer à l'orgueil que nous entretenons, à l'énergie, au temps et à l'argent que nous dépensons pour paraître.

En faut-il tant pour être capable de s'aimer?

Je m'arrête pour faire de longues périodes de méditation.
Les respirations et les visualisations m'aident à supporter le froid la nuit et me soutiennent dans mon manque de sommeil. Je me concentre sur la visualisation du diamant et, dans les moments les plus difficiles, je me place en esprit au centre de mon centre. En abandon total, en contact avec l'infini.
Cette disposition me permet de ne pas trop souffrir des odeurs qui viennent par effluves à mes narines.

Je feins d'ignorer les vautours qui tournoient sans cesse au-dessus de moi.
Je passe mon temps, comme la pratique le recommande, à songer que c'est mon propre corps qu'ils dépècent. Je le dépèce moi-même. Je l'offre à tous les êtres affamés dans un geste d'amour dépouillé d'orgueil, sans attente de retour.

Je fais partie du charnier.
Je suis presque habitué au spectacle et aux odeurs.
Par ce contact intime avec la mort, le détachement vient de lui-même.

Le mala prend forme, mes doigts sont engourdis par le travail et tout éraflés.
Cent rondelles, cent cinq... cent huit. Chiffre du Bouddha.

*

Tout à coup, je vois quelque chose bouger.
J'hallucine.
Non. C'est une forme humaine.
Tenzing apparaît au bout du sentier.

Les trois jours sont-ils passés?

Dans un mouvement de joie, je me lève pour aller à sa rencontre.
Un étourdissement me rappelle l'effort fourni au cours de ce séjour.
J'ai de la difficulté à marcher droit.

Je rejoins mon ami en contrebas du promontoire.

Tenzing a apporté du thé et des biscuits.
À la vue de la collation, je ressens une douleur à l'estomac, moi qui pensais ne plus jamais avoir faim.
Je savoure un thé chaud en fermant les yeux de reconnaissance.

Puis, je remonte.
Face au soleil, je me prosterne pour remercier les hôtes de l'endroit, mon lama et ce charnier qui m'a initié au détachement.
Cette communion avec la mort m'a donné un sens nouveau de la vie.

En repassant près du chörten, je laisse une pierre au sommet du tas.

*

Quand nous arrivons aux portes du monastère, le Maître sort en procession d'un office. Il me sourit et m'invite à me joindre à ses circumambulations.

J'en profite pour faire tourner un à un les moulins à prière qui jalonnent le mur, dans un mantra de reconnaissance pour être sorti entier de cette première épreuve.

Sans dire un mot, Taklung Tsetul Rimpoché m'entraîne dans ses appartements.
Nous partageons du thé et des biscuits.

Je m'informe de la prochaine étape car je me sens fourbu après ces trois jours.
Pour toute réponse, il m'englobe du regard.

La leçon continue, même maintenant dans le geste que tu fais.

Il m'invite à aller me reposer en me rappelant de rester vigilant.

Lorsque l'on met en action des forces extérieures à l'humain, il faut en être maître jour et nuit. L'œil doit rester ouvert, l'oreille attentive et le cœur disponible.

LUNGTOK TENPE NYIMA, ABBÉ DU MONASTÈRE DE DOLANJI ET LE LOPON TENZIN NAMDAK SONT LES DEUX PLUS GRANDS MAÎTRES VIVANTS, DÉTENTEURS DE LA PHILOSOPHIE BÖN, RELIGION AUTOCHTONE DU TIBET.

LA GORGE

La gompa est en effervescence.
Demain, à l'occasion de la fête d'un grand saint, la communauté monastique va accueillir les gens du village et des alentours.

Les préparatifs vont bon train.
Partout, des moines s'activent à réparer les masques et les costumes.
On recolle, on recoud, on ajoute des broderies.
Les tchubas, comme tous les vêtements d'apparat ont été confectionnés ici, au monastère, dans l'atelier de couture.
Mais pour une telle occasion, l'atelier ne suffit pas à la tâche, tout le monde participe.
Les moines savent tout faire : vêtements, bricolage, préparation des repas.

Depuis une semaine, la cour sert de lieu de répétition pour les danses et les mascarades. On répète en costumes seulement, les masques étant réservés pour le vrai spectacle.

Les moines musiciens s'occupent des instruments de musique de cérémonie. On les sort, on les astique. De temps en temps, des couacs de hautbois, un son grave de trompe, des tintements de cloches viennent égayer de façon inattendue le rituel quotidien.

J'admire l'habileté de ces hommes que l'on imagine à tort enfermés dans un monde de contemplation.

La fête est déjà dans l'air.

Chez les moinillons, l'agitation est à son comble. Ils trouvent tous les prétextes pour s'attarder dans la cour. Il faut les chasser pour qu'ils retournent en classe.
Ces fêtes leur permettent de rompre avec une routine sévère et de profiter d'un peu de liberté avec les autres enfants.

Ces festivités signifient avant tout, pour les moines comme pour les villageois, le plaisir de se retrouver et de partager des friandises entre les prières.

Et puis, il y a la magie des spectacles et de la musique. Les danses traditionnelles sont un régal pour les yeux. Mara, Dieu de la mort à l'immense tête noire, grimaçante et couronnée de crânes, jette toujours un petit frisson d'horreur et de délice chez les plus jeunes comme chez les plus vieux.

J'aime ces rituels si riches en évocations mythiques et religieuses, si riches aussi de l'attachement d'une communauté à ses traditions.

J'ai hâte de participer à l'allégresse générale. Ce sera une occasion de sortir un peu des pratiques rigoureuses qui occupent mes journées. Pour quelques heures, j'aurai le plaisir d'être simple spectateur.

*

***

*

Dès le matin, les villageois des alentours, tant indiens que tibétains, se pressent à l'appel des gongs.

Beaucoup ont sorti leurs habits des grandes occasions. Les hommes portent de longues chemises de soie à l'indienne ou des manteaux

de drap épais à la tibétaine. Les Tibétaines sont magnifiques dans leurs robes de couleurs foncées recouvertes, si elles sont mariées, du traditionnel tablier au riche tissage. Elles portent de lourds bijoux cuivrés rehaussés de turquoise qui font bel effet sur leur peau ambrée. Les cheveux noirs ont été minutieusement graissés et tressés. Beaucoup d'Indiennes sont elles aussi vêtues de façon traditionnelle. Dans leurs saris de couleurs vives, elles rivalisent d'élégance avec le port altier des Tibétaines.
Quant aux enfants, leur tenue est devenue interchangeable dans le monde entier, du T-shirt aux "runnings".

Chaque famille tibétaine se présente devant Taklung Tsetul Rimpoché, le Lama, installé sur un trône dans la cour du monastère. Après s'être prosternés, tous s'avancent vers lui dans une attitude de profond respect pour lui offrir khatas et dons, en espèce ou en nature, pour la communauté. Le saint homme les accueille avec un ravissement presqu'enfantin doublé d'une profonde reconnaissance pour le support reçu.
Sa communauté vit surtout de la charité des habitants de la région.

La matinée se passe dans une atmosphère de bonhomie, les activités religieuses se fondent dans la simple joie de vivre et d'être ensemble. On sert à tous le thé au beurre que chacun boit à grandes gorgées en dégustant le traditionnel petit biscuit de farine de riz.

Après la collation, un silence se fait.
Les cous se tendent, les têtes se tournent vers le portail.
Trois moines viennent de se présenter dans l'encadrement de la porte du monastère.

C'est un moment attendu de tous : le débat.

Les moines sont solennellement annoncés par le son nasillard des gyalings, instruments à vent ressemblant à des hautbois, recouverts d'argent. Ils se prosternent devant le Lama, puis s'avancent vers le centre du temple, sérieux, conscients de l'importance du moment.

Ces moines, drapés dans leurs riches vêtements de cérémonie et coiffés du grand chapeau jaune, apanage de leur grade de gueshe, docteur en philosophie, vont donner un des spectacles les plus colorés et les plus appréciés qui soient chez les Tibétains.

Dans quelques instants, ils nous feront passer du suspense à la joie et aux rires d'appréciation pour leur capacité de haute voltige verbale et intellectuelle. Mais les paroles qu'ils lanceront lors de leur joute oratoire sont aussi de grandes leçons de philosophie et de théologie. Elles seront entendues comme telles par les villageois.

Chaque fois que j'assiste à un débat, je reste ébahi devant l'émerveillement que suscite le pouvoir de la parole.

Un moine reste debout alors que les deux autres s'asseyent. Il va poser des questions en faisant de son mieux pour déjouer les répondants. Il énonce à haute voix le thème sur lequel il entend coincer les deux interviewés.
S'ensuit un échange rythmé, accompagné de gesticulations et de claquements de mains, entrecoupé d'éclats de voix, de rires et de la participation générale.

Le moine frappe dans ses mains, bras tendus dans un mouvement du corps vers l'avant pour lancer son point à ceux qu'il questionne. Dans son habit monastique, il a l'air d'un danseur. Il est porté, on dirait même enivré par la puissance des paroles qui jaillissent. Il déambule à un rythme de plus en plus vif à mesure que ses propos s'échauffent.

Les questions et les réparties vont et viennent avec la rapidité de l'éclair.
Il s'agit de prouver ou de réfuter un argument ou une interprétation.
Ou bien encore il faut attribuer telle parole à sa source.
Tout l'exercice est un piège et les arguments les plus spécieux viennent se loger dans des points de haute philosophie.
Les textes sacrés sont complexes, ils sont donc une source intarissable de délices pour ces grands acrobates de la pensée.
Le tout se déroule dans un débordement d'émotions, une passion qui frise la possession.

Le public entassé là est bouche bée, transporté par cette énergie.

Les Tibétains sont friands de débats.
Ce spectacle remonte à la plus ancienne tradition scolastique où les participants, tout docteurs en philosophie qu'ils sont, se livrent à d'incroyables pitreries pour décontenancer leur adversaire.
Pour bien débattre, il faut que l'esprit soit plus vif que la parole, c'est pourquoi avec des grimaces et des gestes inattendus, on essaie de

provoquer la fraction de seconde d'inattention qui retarde le flot nourri de l'argument.
Lorsque les adversaires sont à bout de répartie, le coup est bien réussi.
Le débatteur vient frapper un gong placé là pour chasser symboliquement les mauvais esprits.

Je me suis souvent arrêté pour regarder les tout jeunes s'entraîner dans la cour du monastère. Les pitreries faisant partie intégrante de tout le protocole, ils y prennent un plaisir manifeste. Mais le rire n'empêche pas le sérieux.

Les premières fois que j'ai assisté à des débats, j'étais fasciné mais dérouté. Tout se passe très vite, beaucoup trop vite pour que même Tenzing soit capable de m'en faire une traduction. Combien de fois n'ai-je pas eu l'impression que les moines allaient en venir aux poings, sinon se sauter à la gorge?
Maintenant, je me contente d'admirer la communication portée à son plus haut degré de passion.

*

Des chants et des prières clôturent cette grande journée.

Les cloches et les damarus rythment les textes sacrés chantés avec vigueur par les moines pour bénir la foule.
Puis, les villageois portant ou traînant des enfants à moitié endormis retournent chez eux, fatigués et heureux.

*

Après leur départ, le monastère résonne encore de leur présence.

Les chants, les danses, les débats, les rires, toute cette expression de joie me ramène à la leçon du Maître. Ce matin, nous parlions de la gorge, centre de la parole, de l'expulsion et du souffle. Le Rimpoché me rappelait à quel point la parole peut être créatrice ou destructrice.

L'être humain occupe une situation privilégiée car il est en contact direct avec le créateur.
Il nous a dotés de la parole qui nous permet de nous rendre maîtres de toute création.

Tout comme la parole, véhicule de l'esprit et du cœur, donne forme à nos énergies intérieures, le non-dit inhibe et peut faire mourir le mouvement de l'amour.

Le Maître me rappelle que la gorge est le centre de la thyroïde.
Si l'énergie y est réprimée par la peur ou l'angoisse, le corps est entravé dans son fonctionnement. La gorge joue donc un rôle capital comme centre d'expulsion des énergies, qu'elles soient positives ou non.

Ce centre de la gorge se rapporte au divin mais il répond aussi aux dieux jaloux.
Car c'est dans la gorge que se loge le besoin de possession.
Ces géants que nous ne sommes pas en mesure de contrôler,ce sont nos peurs, nos besoins, nos désirs, notre insatisfaction.

La gorge est aussi le centre du souffle.
Les Tibétains utilisent d'ailleurs le pouvoir du souffle pour guérir. Le souffle du dragon est une méthode thérapeutique fréquente. On applique un linge sur un point douloureux et on expire vigoureusement, bouche appliquée contre le linge. Par cette action, on fait circuler dans la zone déficiente beaucoup de chaleur et d'énergie. C'est un traitement qui réussit bien avec les tout jeunes enfants et les vieillards, particulièrement réceptifs à l'énergie.

Le soir venu, je reste à l'intérieur de la gompa afin de pratiquer le yoga qui donne à la parole et au souffle leur pleine puissance.

Je m'assieds dans le temple pour approfondir mes réflexions.

Dans le silence retrouvé, j'exécute le mantra correspondant, le AH, mantra premier de toute forme parlée. Je visualise la lettre tibétaine comme une lettre de feu.
Je la mets en mouvement autour de moi.
Je me laisse pénétrer par la couleur rouge et les forces présentes dans la pièce.

Je fais résonner le mantra afin que chaque cellule de mon corps en soit imprégnée et devienne cette vibration.
Mon corps est baigné d'une lumière de rubis dans un état proche de la lévitation.

La formule sacrée remonte le temps jusqu'à la première parole créatrice. Le monde n'était alors qu'une masse informe dans laquelle les énergies se livraient un perpétuel combat. Sentant en moi-même cette danse des énergies, je comprends que rien n'est extérieur, rien ne peut être extérieur, tout est au centre d'un même centre.

Mon corps se met à trembler sur les coussins.

Tu as dans ta parole le double tranchant d'une lame, d'un côté blanche et de l'autre côté, noire. Si tu dois penser juste, agir juste, que ta parole soit de même.

*

***

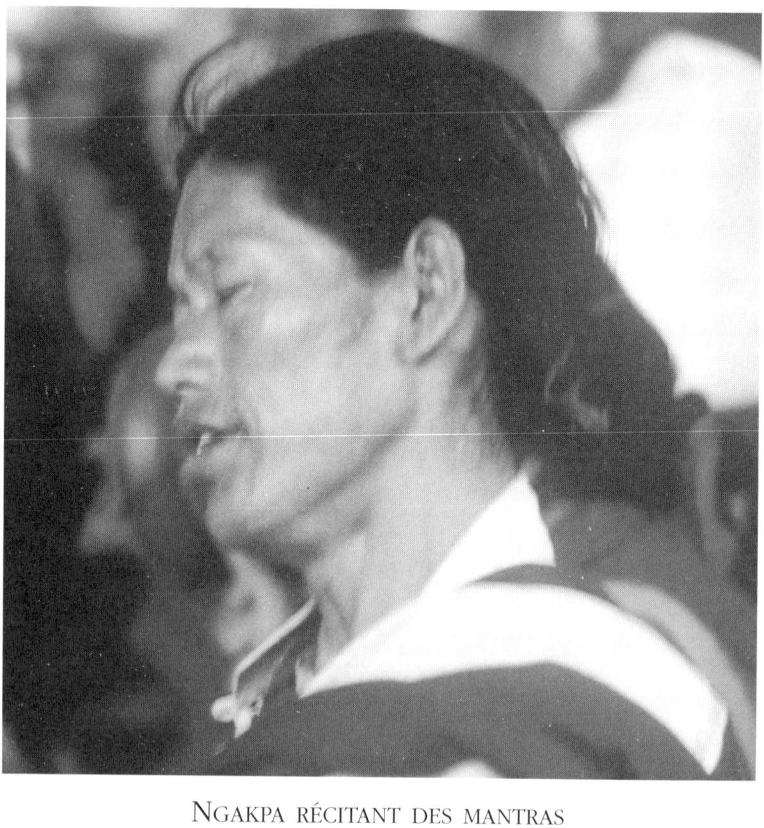

NGAKPA RÉCITANT DES MANTRAS

LE CŒUR

Le martèlement d'un madrier de bois me réveille aux premiers rayons du soleil. C'est un moine qui appelle à la prière.

J'ai envie de me joindre à la communauté pour le rituel du matin. Nous partagerons le thé plus tard.

En sortant de ma chambre, je suis frappé en plein visage par une fumée blanche. Je reconnais l'odeur des genévriers. On a mis le feu à un fagot, c'est une façon ici de chasser les esprits de la nuit et d'offrir en fumigation l'amour des fidèles.

En descendant sur le parvis, je remarque une petite troupe de Tibétains qui montent à vive allure le sentier menant au monastère.

Taklung Tsetul Rimpoché apparaît dans la porte du temple.

À cette heure-ci, on vient sûrement réclamer son aide pour une urgence.

Avec grande déférence, le groupe de Tibétains s'approche de lui. Tous se mettent à parler en même temps. Leur empressement, la confusion générale confirment ce qui est pressenti : quelque chose de sérieux vient de se passer ou se passe au village en contrebas.

En cas d'accident ou de maladie grave, on vient solliciter le Maître. On se fie à sa connaissance du corps humain et de ses énergies mais surtout à sa profonde compréhension de l'âme humaine. Il trouve toujours dans son cœur les gestes ou les paroles qui calment les esprits et, la plupart du temps, il est en mesure de guérir.

Je l'ai déjà accompagné au chevet de malades ou de mourants et j'ai pu quelques fois me rendre utile. Je m'approche du Maître pour lui offrir mon aide. D'un signe de tête, il me fait comprendre que je suis le bienvenu.

Les villageois expliquent quelque chose au Rimpoché qui lance des instructions aux moines venus l'entourer. Un moine disparaît dans le bâtiment et ressort quelques instants plus tard avec un paquet que je reconnais. Il contient des fioles de pilules aux herbes, de quoi confectionner des potions pour toutes les occasions.

Sans plus attendre, nous nous mettons en chemin, suivis de trois des moines dont Tenzing. Plusieurs villageois nous précèdent, d'autres ferment ce peloton animé.
Nous descendons vers l'habitation creusée à même le rocher que les villageois nous ont désignée au pied de la falaise.
Nous marchons en petites grappes, en toute hâte, les pierres roulant sous nos pieds, sans échanger la moindre parole.

Je me demande combien de fois nous avons monté ou descendu ce sentier rocailleux au pas de course, sans nous rompre le cou ni trébucher sur nos tchubas.

Dans le village aux rues étroites, une fumée âcre fait contraste avec la fraîcheur matinale embaumée par la forêt de rhododendrons que nous venons de traverser. Cette fumée, constamment présente dans les villages tibétains est produite par la bouse de vache séchée dont on se sert comme combustible. Elle crée une odeur

qui prend à la gorge et pique les yeux avant d'enflammer les poumons.
D'un geste devenu habituel, je place un pan de mon zen devant mon nez afin de filtrer l'âcreté ambiante.

Assis devant la porte de l'habitation troglodyte, un vieillard, menton appuyé sur sa canne, surveille en somnolant deux jeunes enfants. À quatre pattes dans la poussière, ils jouent avec une petite chèvre, indifférents à toute autre activité. Notre arrivée sort le grand-père, ou l'arrière-grand-père, de sa torpeur. Il s'incline profondément sur notre passage tout en continuant de marmonner ses prières. La petite chèvre profite de l'occasion pour échapper à ses tortionnaires bien intentionnés et se faufile dans la maison.

Je pénètre dans la masure derrière le saint Rimpoché.
Nous nous baissons pour passer par la petite porte et gravissons l'escalier qui sépare l'étable de l'étage habité. Les trois moines sont sur nos talons, les villageois qui sont venus nous avertir s'agglutinent dehors, essoufflés par leur course aller-retour.

Au fond de la pièce, je distingue dans la pénombre un lit à plate-forme.

Quelqu'un gémit sous des couvertures.
Une femme.
Des villageoises s'empressent autour d'elle.
À notre arrivée, le petit groupe de femmes s'écarte avec respect pour laisser approcher le Maître. Je vois alors, à la lumière des lampes à beurre, que la malade est jeune, vingt-cinq ans environ. Mais son visage, sali par la suie, commence à être ridé. Elle est burinée par le soleil et les vents de haute montagne. Son corps se contorsionne sous les couvertures et à chaque contraction, son visage se déforme légèrement. Sa bouche blanche, contrastant fortement avec la couleur de sa peau, me rappelle les dakinis au visage courroucé que l'on retrouve sur les thankas. Mais chez cette femme, on lit sous le masque de douleur toute la majesté du travail qui se fait.

Elle est sur le point d'accoucher et à en juger par sa souffrance, le travail est exceptionnellement difficile.
Les femmes vont et viennent dans la maison avec des récipients d'eau chaude et des linges.
Le Rimpoché envoie les trois moines préparer une potion pour soulager les douleurs de la mère et faciliter la venue au monde de l'enfant.
Il s'agit avant tout de redonner la force à cette femme sur le point de mettre au monde une nouvelle âme.

Les moines disparaissent dans un petit espace contigu à la pièce principale.
Le Rimpoché se place dans le coin où se trouve le petit autel de la famille.
Il se recueille puis entame des prières. Dans sa vaste mémoire des textes sacrés, il puise ceux qui sont appropriés à chaque circonstance. Je sais qu'il existe des textes relatifs à la naissance. Les paroles scandées émanent, profondes et riches, du centre de sa poitrine et emplissent l'espace. Les textes invoquent l'amour, force vitale qui unit notre dimension humaine à notre dimension divine, énergie qui guérit et qui donne la vie.

En quelques instants, le calme s'est installé. L'assistance et l'enfant qui va naître sont enveloppés d'une énergie protectrice.

Les mantras sont entrecoupés de chuchotements.
Les femmes s'activent avec une concentration nouvelle, les moines dosent les médications.

Le Rimpoché s'approche de la jeune femme. Je le suis.

Il l'examine sans la toucher, en promenant doucement ses mains à quelques centimètres de son corps. Il fait des gestes ondoyants et doux au-dessus de son plexus solaire et de son ventre presque pointu tellement il est tendu. Les paumes lisent l'énergie dans le ventre de la mère. Il se tourne vers moi et dit :

L'âme ancestrale et l'âme divine ne sont pas d'accord.
Cet enfant a besoin qu'on lui dise que l'équilibre dans l'action est la plus grande sagesse et que cette sagesse est amour.
Il ne faut en aucun cas être obligé de passer par la douleur trop longtemps.

Le Maître place alors une main sur la tête de la femme et l'autre sur le haut de son ventre. Comme par enchantement, l'enfant se retourne.

Je n'en crois pas mes yeux.
Mais je sais que l'énergie du cœur passe par les mains. Le cœur du Maître a rejoint l'enfant.

Celui-ci vient au monde quelques instants plus tard dans un grand cri de soulagement de la mère, rehaussé d'une exclamation de joie collective.

Il y avait eu un temps d'abandon alors que tous écoutaient le Maître.

C'est là que tout s'est passé.
C'est le calme qui a permis l'ouverture du cœur. Le bébé naissant a pu trouver l'équilibre qui l'a propulsé dans la vie.

Il a jailli sous nos yeux dans les liquides qui ont soutenu sa vie utérine, comme une explosion qui s'impose à l'univers. Pour la mère comme pour l'enfant, c'est le résultat d'un effort suprême, point culminant de douleur et de joie.

Cette scène évoque en moi un monde où la création sort du chaos. Je songe au volcan qui expulse dans son magma un joyau éclatant de mille feux au soleil des premiers jours.

Dans le mouvement général d'allégresse, je remarque à quel point le vieux lama a l'air ému. C'est un moment merveilleux pour lui. Lui qui a vu tant de naissances, tant de morts.

Un cœur pur ne vieillit pas.
L'être humain vient au monde pour se réaliser par le cœur.

Au chevet de la mère, il se recueille encore quelques instants.

Larmes aux yeux moi aussi, je suis nourri par l'émotion ambiante.

Le Rimpoché est incliné de respect devant cet acte magnifique de la nature.
Les moines sont silencieux, recueillis.
Les femmes explosent de joie.
Le père rit et pleure en même temps. C'est leur premier enfant, un garçon.
La mère irradie un bonheur qui ne peut se traduire qu'en onomatopées de joie et de tendresse.
Le bébé, comme il se doit, hurle vigoureusement.

Mon cœur bat très fort, je le sens dans tout mon être.

Les femmes s'activent maintenant à la toilette de l'enfant et de la mère.
Les moines s'asseyent devant le petit autel et font brûler quelques bâtons d'encens.
Taklung Tsetul Rimpoché et moi entamons un chant de bénédiction.

Ce chant est suivi de mantras repris avec émotion par le groupe.
Il faut maintenant entourer l'enfant de toute l'aide extérieure possible pour conclure l'harmonie de ses deux âmes. Il faut que l'âme ancestrale, représentée par le corps, accueille l'âme divine.

L'être humain occupe une place privilégiée car il est en contact direct avec le divin.
Seul son enfant a la possibilité d'accomplir une évolution vers l'illumination.
La plus grande richesse de cet enfant est l'acquisition d'un corps fait pour expérimenter ce qui lui sera utile dans ce cheminement.

Le maître de maison nous sert une tasse de thé et des biscuits tout en essuyant ses larmes du revers de sa manche.

À en juger par l'appétit des religieux, eux non plus n'ont pas eu le temps de déjeuner.

En buvant mon thé, je me prends à penser que cet enfant a bien de la chance.
Il va bénéficier d'un monde en pleine évolution où il pourra, dans quelques années, faire l'expérience de plusieurs cultures et modes de vie à la fois.

Nés au Lhadak, en Inde, où vit la communauté tibétaine, les enfants ont accès à une scolarité qui les prépare au monde occidental dans lequel ils vont s'intégrer. Mais ils sont fermement ancrés dans une tradition qui leur donne une assise spirituelle forte, des pratiques qui établissent pour toujours une qualité de présence à soi-même et à ce qu'on fait.

Ce nouveau-né entre dans le monde avec de bons outils. Il lui reste à faire des choix judicieux qui lui permettront de retrouver son rêve divin et de s'accomplir tout en respectant son riche héritage.
Les Tibétains disent que si l'enfant a la chance d'avoir un maître, l'aîné lui réapprend ce qu'il sait déjà. Il s'agit de raviver la mémoire de connaissances occultées par la naissance. Le maître le guidera dans l'harmonie à faire entre l'âme ancestrale et l'âme divine. La première, mémoire cellulaire de l'âme animale, cherche à faire taire l'essence divine. Les enseignements permettront à l'enfant de faire son chemin dans une attitude de sourire intérieur.

L'enfant choisit le père et la mère capables de le stimuler dans son évolution. Les parents sont là pour soutenir cette stimulation mais ils n'ont aucun pouvoir de changer le monde pour l'enfant.
Lui seul est capable de le faire.
Et cette capacité est une richesse au-delà des castes et des biens temporels.

Tandis que nous remontons vers la gompa, Taklung Tsetul Rimpoché me dit que cet enfant est lumineux et qu'il est né dans un grand élan d'amour.

Il me fait remarquer que le cœur est le troisième centre du corps et que dans le yoga qui nous intéresse, il est aussi le troisième en montant.

C'est le point de rencontre des ondes d'énergie activées par le travail sur les cinq centres. Le cœur est le point d'équilibre parfait et le centre du mouvement éternel. Il peut donc accueillir toute expérience humaine pour en retirer une leçon.

Mon esprit projette l'image des cadavres que j'ai vus quelques jours auparavant.

Chaque naissance est une mort
avait dit le Maître.

Ce rapprochement me frappe soudain. Pourquoi la naissance et la mort se font-elles dans la souffrance du détachement?

La peur de l'inconnu, l'angoisse de se séparer, de perdre des acquisitions ou ceux que l'on aime : tout cela pousse l'être humain à se figer dans un état où le cœur ne se réalise point.

Le Rimpoché et moi faisons la constatation que dans toutes les philosophies et toutes les religions, le cœur est la porte centrale du divin, de l'amour inconditionnel.

Le cœur est aussi ce qui durcit le plus, année après année.
Il faut t'accomplir si tu ne veux pas être déçu de toi-même et de ceux à qui tu demandes conseil.
Sinon, tu t'en prendras au porteur du message.

Lorsque ton cœur aura libéré l'égo, l'état d'illumination prendra son pouvoir et tu pourras dire à l'ange des ténèbres :
"Ta mort ne peut plus m'atteindre, seul mon corps va se transformer selon les situations rencontrées.."

*
***
*

Le travail qui me reste à faire me laisse songeur.
Ma vie d'Occidental, mon éducation ont dressé des barrières solides.
Intellect, égo, émotions tues, énergies négatives s'efforcent de me maintenir dans ce que les Tibétains appellent le monde titanesque où les

dieux jaloux se font une lutte éternelle et sans merci pour un monde qui échappe à leur contrôle.

Il me faut davantage cultiver le sourire intérieur, clef de la compassion.

*

De retour au monastère, je ressens le besoin de me réfugier dans la petite chapelle contiguë à la grande salle du temple.

Un moine est là, en train de pratiquer le rituel du soir durant lequel on se sert simultanément d'une cloche et d'un damaru.
Je m'assieds près de lui pour l'accompagner.
Je me laisse bercer par le tintement et la résonance et je laisse entrer les vibrations dans ma poitrine.
C'est alors que j'intègre pleinement les événements de la journée et les bénéfices de la leçon que j'en ai tirée.

Je laisse se déployer la joie qui m'habite depuis que j'ai assisté à cette nouvelle naissance. Je me sens privilégié de cette proximité avec l'essence même de la vie.
Mon recueillement me permet enfin de communier totalement avec mes émotions.

Quelle que soit la façon dont on l'envisage, toute naissance est un événement qui tient du miracle. Avoir la chance d'en être témoin est un peu comme entrer dans le secret des dieux.

Je porte en mon cœur l'atmosphère d'amour dans lequel l'enfant est né ce matin.

*

Au bout d'un certain temps, je me rends compte que je suis assis dans le silence.
J'entrouvre les yeux : le moine est reparti.
Je reste faire quelques respirations suivies de mantras, en me concentrant sur le HUNG du cœur et en visualisant la couleur bleue qui s'y rattache.

*

***

*

Je regagne enfin ma chambre.

Assis sur mon lit, je contemple la lune.
Elle est pleine.

Je me laisse absorber dans une vision où je me sens naître avec l'enfant venu au monde sous mes yeux.

Les images se brouillent puis, il m'apparaît dans l'état où je l'ai vu avant de quitter sa maison, blotti contre la poitrine de sa mère.
Il me sourit. Ses yeux sont lumineux.

Cet enfant est lumineux.

À mon grand étonnement, me voilà plongé dans une lumière arc-en-ciel.
Cet enfant serait-il un tulku, la réincarnation d'un grand yogi?
Si c'est le cas, ce phénomène sera confirmé par des spécialistes en la matière dont Taklung Tsetul Rimpoché, lui-même un grand tulku.

Sa réalisation aurait donc été acquise dans des vies passées. Cet enfant serait alors porteur de messages aptes à changer la nature et la compréhension des humains du vingtième siècle.

Qu'il soit tulku ou non, l'enfant vient s'incarner dans un physique où il retrouve les expériences du bien et du mal. Il quitte les sphères supérieures afin de redescendre dans la matière expérimentale. Un quotidien sans autre possibilité que celle de vivre avec intensité chaque moment.

L'âme divine rentre dans l'œuf de la terre, sa source nourricière, pour prendre contact avec sa propre création.

L'enfant, soudain grandi, pointe du doigt vers la terre. L'endroit désigné me révèle le flanc d'une montagne d'où une source s'échappe entre deux rochers. L'eau bondit de roche en roche jusqu'à une vallée en contrebas où des animaux broutent les pâturages richement nourris par les alluvions.

Les images se fondent les unes dans les autres, le haut et le bas se mêlent comme dans un mandala que le moine balaie au vent après l'avoir minutieusement conçue dans du sable coloré.

L'impermanence.

Mon corps est lourd et baigné de lumière bleutée.
Je me fonds dans la pleine lune au-dessus de mon balcon et je m'abandonne au silence de la nuit.

L'OMBILIC

Depuis quelques jours, je profite de la routine au monastère.

Ce n'est pas que l'horaire ne soit pas exigeant, les journées commencent très tôt et elles sont bien remplies. Mais j'aime la régularité des heures de prière et de méditation qui ponctuent le temps.

J'en profite pour flâner un peu.
J'observe les moines dans leurs activités, je visite les ateliers, les cuisines.
J'ai plaisir à bavarder avec l'économe, un personnage coloré, toujours fascinant même s'il est parfois grognon. Il est, m'a-t-on dit en roulant des yeux pleins d'admiration, capable de piquer des colères incroyables qui terrorisent les moinillons tout en faisant secrètement leur joie. Les macaques, présents partout, viennent souvent

faire des ravages dans les provisions. Je me demande s'il s'agit parfois de petits humains à robe rouge...
J'aime l'atmosphère de travail qui règne ici et la bonne humeur dans lequel il se fait.

La présence des enfants est rafraîchissante.
Ils font preuve d'une discipline et d'une application étonnantes. J'admire la ferme dévotion des maîtres. Dans les classes, la qualité d'écoute est l'indice du rapport privilégié entre les générations. On enseigne et on apprend par le cœur.

Tenzing, qui me suit partout, est épanoui.
Sorti de sa routine à lui, il est tout yeux, tout oreilles à ce qui se passe.
Il aime comme moi marcher dans la forêt de rhododendrons et dans les sentiers de montagne autour de la gompa.

*

Je passe chaque matin plusieurs heures avec Taklung Tsetul Rimpoché.
À son contact, moi aussi je me sens comme un enfant, comme un enfant qui part en vacances encadré par ses parents. Je suis en vacances de travail, des besoins des autres, des soucis de la ville et de l'Occident.

Voilà maintenant deux mois que je me laisse materner par la sagesse et la profonde humanité de ce maître exceptionnel.

Je découvre avec lui la richesse de la démarche vers le dépouillement qui vient non pas appauvrir mais illuminer le quotidien.

Par le travail sur les centres, je sens que j'habite mon corps avec une meilleure compréhension. J'identifie avec beaucoup plus de clarté ce qui se passe en moi et où se logent mes réactions au monde extérieur.

Les moindres choses prennent une signification que je ne leur donnais pas.
Tout tombe en place.

Lorsque je suis avec mon maître, je ne lui pose pas beaucoup de questions, il y répond rarement. D'ailleurs, la plupart du temps, il me devance.
Ses questions à lui vont droit au but et me ramènent à moi-même.
Lorsqu'il me demande où nous en sommes, cela ne signifie pas : Où en sommes-nous dans l'enseignement? mais : Qu'as-tu appris jusqu'à présent?

Nous reprenons certaines discussions, nous faisons le point.
Le retour en arrière me fait voir sous une autre lumière ce que je croyais avoir compris et rangé dans un coin de ma mémoire.
Nous revenons fréquemment sur le centre de la tête et l'importance relative de l'intellect selon les cultures. Je constate à quel point la logique cartésienne m'a coupé de ma relation essentielle avec le cœur et le sens du sacré. J'ai été nourri à l'idée que ce qui se passe dans mon cerveau prévaut sur tout le reste et que les hauts faits de l'intellect sont les seuls louables.

Chaque jour, une foule d'événements me rappellent que l'univers répond à sa propre logique et que c'est vanité de vouloir le ranger dans une perspective préétablie.
Taklung Tsetul Rimpoché s'amuse de mon étonnement.

Notre sujet de conversation le plus fréquent est la dualité présente en toutes choses : bien/mal, joie/douleur, haut/bas, mort/naissance.
Dans ma vision des choses, cette dualité est encore très présente. Le travail que j'ai à faire consiste à ramener les extrêmes à une seule et même manifestation de l'existence, ayant dûment expérimenté et intégré ce qui pousse

l'être humain vers le règne animal ou vers Bouddha.
Le cheminement vers la lumière ne peut se faire que s'il est bien enraciné. Le bodhisattva n'est pas un être éthéré mais un être qui a lui-même fait l'expérience de toutes choses. Il a sué, saigné, pleuré, été malade et il a vu, dans les hauts et les bas de son existence, autant d'occasions de s'ouvrir le cœur. Engagé sur la voie de la compassion, il a trouvé l'éveil qui lui permet alors de guider les autres dans le travail de la vie.

Toutes les activités au monastère offrent des points d'ancrage à l'enseignement du Maître.
La joie de vivre des enfants dans la cour le ramène à l'ouverture du cœur, à la beauté et à la spontanéité de la vie; les pratiques de débat, à l'importance de l'énergie et des émotions libérées par la parole.

Les enfants sont ses maîtres à lui, comme la nature et les animaux.
Il me les cite en exemple.

Il ne me laisse pas en repos.
Il me fait revenir sans cesse sur ce que je crois savoir, m'amène à l'examiner de nouveau, à revenir à l'essence des enseignements.

Je travaille à me défaire de mes propres croyances et de mes réticences face au détachement. À mourir à moi-même pour renaître sur un autre plan.

J'ai beaucoup à désapprendre.

*
***
*

Ce matin, nous passons en revue les trois premiers centres.
Le Maître me rappelle leur relation aux plans supérieurs. Non pas qu'il s'agisse d'une hiérarchie, il n'y en a pas, mais on distingue "supérieurs" d'"inférieurs" en termes de constitution du corps et de sa relation avec le divin.

Le cœur est la clef de voûte qui permet d'harmoniser le "haut" et le "bas".

Les deux centres qui nous restent à étudier, ombilic et centre génital, sont reliés aux énergies d'"en bas", les énergies de la terre et de la nature.

Le Lama m'annonce que, cette fois il va m'envoyer explorer ce qui se rapporte à mon monde viscéral. L'expérimentation doit se faire dans un endroit où je recevrai la stimulation correspondante.

Nous concluons que le meilleur endroit pour ce travail, c'est là où on achète de quoi se remplir le ventre. J'accompagnerai l'économe au marché.

*

***

*

Pour nous rendre au marché, nous avons une bonne heure de route à faire en auto, après un bout de chemin à pied.
La ville n'est pas vraiment loin mais je m'y rends rarement. Je n'ai guère l'occasion de sortir de ma concentration.

Me replonger, ne serait-ce que quelques heures, dans l'animation d'une petite ville, reprendre contact avec des points de référence connus n'est pas pour me déplaire. Et, qui sait, je trouverai peut-être un endroit où prendre un café.

Je vais saluer mon Lama et voir s'il aimerait que je lui rapporte quelque chose.

Quelque chose pour la communauté?
Quelques friandises peut-être qui serviraient par la même occasion d'offrandes aux Bouddhas?

Mon maître me recommande de ne point m'arrêter à ce que je pourrais offrir mais d'examiner attentivement mes besoins et leur véritable nature.

Un sourire dans l'œil, il ajoute que l'être humain doit se réjouir et festoyer de temps en temps, tout comme la nature. Il faut voir là l'échange qui se fait entre la nature divine, la nature incarnée et les besoins qui s'y rattachent.

*
****
*

Je pars l'esprit plein d'interrogations sur la nature de mes besoins.
Je constate que la plupart de ces besoins et les plaisirs que j'imagine pour les autres, se traduisent en nourriture.
De quelle façon est-ce que je me relie au divin en me préoccupant de ce que je vais manger?
Pourquoi ai-je tout à coup une envie folle de café?

L'idée de me rendre dans un marché me met l'eau à la bouche.

L'économe, Tenzing et moi-même nous mettons en route.
Nous avançons dans le petit sentier où nous allons retrouver le vieux Jeep.

J'oublie mes questionnements dans la forêt de rhododendrons aux couleurs féériques. J'en respire le parfum et j'ai l'impression de traverser un paradis.

À un détour du chemin, dans un rayon de soleil, une petite chèvre de montagne, pattes de devant appuyées sur un tronc d'arbre, est en train de se régaler de feuilles et de fleurs. Elle ne semble nullement étonnée de notre passage. Elle profite en toute confiance de l'abondance qui s'offre à elle.

Ici, bêtes et humains cohabitent en harmonie.
Les chèvres font partie de la vie au village. Elles vont et viennent à leur guise dans les maisons et personne ne songerait à les chasser même pendant les rituels importants. Pour les Tibétains, les animaux, quels qu'ils soient, font partie du jardin de Bouddha tout comme les humains. Ce

jardin englobe les macaques qui peuvent être de vraies petites pestes et aussi la vermine. Chaque être a sa place et un rôle important à jouer dans la création.

Un peu plus loin, notre chauffeur indien nous attend près du Jeep.

*

***

*

La route est cahoteuse, criblée de nids de poule. Elle paraît longue. Le Jeep rebondit sur des pneus presque lisses. La vieille guimbarde nous dépose enfin, dans un nuage de poussière, au milieu des embouteillages.

La rue commerçante, étroite, détrempée par une ondée matinale, grouille de vie.

Mon plaisir à me retrouver dans la cohue me rassure : je ne suis pas tombé dans une espèce de folie sans m'en rendre compte.
Dans les pratiques de détachement qui occupent mes journées, je vis en atmosphère fermée. Comme si j'avais été longtemps dans une chambre sans lumière, je me demandais ce qui allait se passer quand j'ouvrirais les rideaux.

*

C'est le réveil des sens.

Les étals débordent de fruits, de légumes et d'épices dont je m'emplis les narines.
Cari, coriandre, cannelle, cumin, et noix de muscade sont en profusion colorée. De quoi mettre en fête notre quotidien de soupes, nouilles et riz de toutes sortes.
De magnifiques piments, luisants et charnus, sont suspendus un peu partout en guirlandes de feu.
Il y a des pyramides de navets, de choux-fleurs violets et blancs dans de grands paniers posés à terre et des montagnes d'omniprésentes carottes.
Des sacs de jute regorgent de riz et de farines aux couleurs de sable. Farine de riz pour les biscuits, seigle, orge pour l'indispensable tsampa.
Les oranges et les bananes ont ici un goût que je ne leur avais jamais connu.

Je renoue avec des désirs et des plaisirs qui n'ont pas fait surface depuis longtemps.
Faire mon marché, choisir des fruits et des légumes, les soupeser, les tâter, les sentir pour m'assurer qu'ils sont juste comme il faut pour le repas que je compose à mesure.
Le plaisir de bien choisir pour bien manger.

Cette bourgade marchande est une joyeuse cacophonie.
Entre les étals de primeurs et d'aromates aux multiples couleurs, des relents d'encens me parviennent des arrière-boutiques. Au tintamarre des postes de radio nasillards viennent répondre les inévitables coups de klaxon. Les motos et les petits véhicules passent tant bien que mal en chassant les poules. Les camions restent bloqués dans la foule qui n'a pas l'air de se formaliser pour si peu.

La bousculade humaine.
Et pourquoi se bouscule-t-on?
Pour satisfaire un besoin essentiel : celui de nourriture.

Seule une alimentation journalière nous assure l'équilibre dans un physique qui tend d'un côté vers son âme spirituelle, de l'autre vers son âme ancestrale.

Pour trouver l'harmonie, il faut passer à travers un karma riche d'expérience pour arriver au détachement du cordon ombilical.

Le karma ne représente pas une destinée déterminée d'avance. C'est l'ensemble des données dans lesquelles nous vivons ou dans lesquelles

nous avons vécu une vie antérieure. Nos actions et leurs conséquences font partie de cet ensemble.
L'être humain a donc le choix de poursuivre ses propres tendances ou de les combattre jusqu'à ce qu'il atteigne l'illumination. Il sera alors délivré de son karma.
La loi du karma détermine la renaissance sans dicter les actions présentes.

Selon les enseignements que je reçois, l'ombilic est la première cicatrice de l'être humain. Une cicatrice qui ne se referme jamais.
C'est là que les démons se nourrissent des énergies instables créées par nos angoisses et nos émotions. À côté des plaisirs se logent l'égoïsme, les énergies bestiales et la peur viscérale de manquer de quelque chose.

*
****
*

Notre premier marchand, un Indien édenté, nous accueille avec un sourire qui découvre généreusement des gencives rougies par le bétel.
Il connaît bien l'économe : il sait que la négociation sur les prix va être difficile.
Pour le religieux, pas plus que pour le com-

merçant, il n'y a de petit profit. Le moine va même jusqu'à négocier la possibilité d'un petit rituel de bénédiction pour sa famille ou pour ses affaires.
Nous sommes là pour affaires et il est maître en la matière.

Mais c'est à mon intention que ce commerçant redouble d'amabilité. Un Occidental qui a les moyens de se payer un billet d'avion a les moyens de payer des friandises à ceux qui l'accompagnent.
Je m'amuse à lui donner du fil à retordre.
Je me replie sur ma tactique habituelle : faire mine de ne rien comprendre.
Tenzing négocie pour moi.
Il entre dans le jeu comme s'il n'avait fait que ça toute sa vie. Il offre le dixième de ce que demande le marchand.
Un échange échauffé s'ensuit. Tenzing ne lâche pas. L'économe ne bronche pas.
Me voilà avec une brassée d'oranges pour quelques roupies.
Tenzing s'en est bien sorti. Le marchand aussi.
Nul n'a été dupe dans ce petit jeu qui se termine à la satisfaction générale.

Je me dis que nous venons d'illustrer comment l'être humain passe sa vie à marchander.
Pourquoi au juste?

Pour s'en sortir au meilleur prix ou pour avoir le dernier mot?
De peur de payer trop cher et de manquer d'autre chose?

Je regarde autour de moi.
Tout le monde marchande.
Pour les épices, le thé, les étoffes.

Tandis que nous nous éloignons, une femme est aux prises avec l'Indien à qui nous avons marchandé les oranges.
Elle a un enfant dans les bras, un autre sur le dos, emmitouflé dans un châle de laine usé. Un troisième tire sur sa robe, morve au nez. Elle n'a pas l'air convaincue dans sa façon d'aborder le commerçant. Peut-être que les cris et les pleurs de ses enfants en viendront à bout.
Je suis curieux de voir si le marchand va se laisser amadouer et lâcher pour pas cher son poisson qui a déjà subi l'avarie du temps.
Avec un geste d'impatience, il l'enveloppe dans un morceau de journal.
La femme incline la tête et esquisse un sourire timide.

*

Au détour d'une ruelle, une odeur de sang me prend aux narines. Des bouchers sont en train

de dépecer des chèvres comme celle que nous avons vue quelques instants auparavant broutant à cœur joie les rhododendrons.
Panse ouverte, entrailles descendues, peau écartelée, ces bêtes vont servir au festin des besoins.

Un ascète sort de la même boucherie chargé de trois épaules de mouton complètement dégagées de leur viande. Ces carcasses vont servir dans un rituel de divination. On les fera griller sur un feu en attendant que les os se craquellent.

Ces tableaux me ramènent à une discussion récente avec Taklung Tsetul Rimpoché.

Méfie-toi des nourritures avariées.
Souviens-toi que dans sa quête d'illumination, l'intellect choisit parfois le plus néfaste. Le mal prend naissance dans la non-compréhension de la lumière occultée par la satisfaction de besoins primaires.
Dans l'ombilic, le centre du ventre, se trouve un puits comblé de boue où le seau cherche en vain l'eau claire.

Sommes-nous si anxieux de savoir ce que demain nous réserve?

Pourquoi sommes-nous si prompts à nous servir de subterfuges?

Retourne à l'intérieur de tes propres cellules, parle à ton âme ancestrale, elle te donnera la possibilité d'être dans un éternel présent.

*

****

*

Nous quittons le marché les yeux, le nez et les oreilles saturés.
C'est avec soulagement que je reprends la route vers les montagnes.

Le Jeep nous attend de nouveau et nous reconduit, pétaradant et prêt à rendre l'âme, au pied de notre sentier.

Un groupe de moinillons est venu à notre rencontre. Quelques-uns sont assis à nous attendre, d'autres jouent entre eux, rient et se courent après.
Ils sont en assez grand nombre pour porter les paquets.
J'en profite pour me retirer à quelques pas de là, au bord d'un ruisseau qui coule non loin du sentier.

Je me recueille dans le bruissement de la source et du vent.
J'enlève mes souliers et je me retrouve les pieds dans le ruisseau. Ses méandres ressemblent à l'intestin ou aux veines nourricières que notre corps renferme. Le cours d'eau me fait penser au chemin que je dois parcourir pour me jeter dans l'océan en renaissance perpétuelle.

Si l'homme a peur, c'est de renaître à lui-même.

*

Je regagne le monastère loin derrière la petite caravane de moines.

Je vais faire part de mes réflexions à mon maître. Avec un sourire, il me dit :

La nuit fait suite au jour.
Retourne ce soir au bord de ton ruisseau pour retrouver le rythme de la terre.
Regarde ce qui t'entoure et ce qui pourrait en renaître.
La nature s'offre à toi pour que tu puisses te rassasier.
Comme cette nourriture achetée au marché, offre-toi au divin afin de lui permettre de se perpétuer.

La nature veut que le changement soit réalisé par la terre.
Et l'amour que l'on doit porter à cette terre passe par l'amour de notre propre être.

Cet amour passe donc aussi par la nourriture, prise dans une attitude de respect de soi et de gratitude pour ce que l'on mange.

Le quatrième centre est notre chaudron de vie.
Comme la vie, il est terre à terre et noble à la fois.
Honore-le car lui aussi répond au divin.

*
***
*

Le vent qui passait à travers les cimes s'est tu.
Le calme de la nuit emplit mon être.
La température est fraîche, je resserre ma tchuba sur moi.

J'exécute les respirations.
Calmante, puis équilibrante, puis lunaire-solaire, trois fois de suite.

La chaleur de la terre monte en moi.

Je prends refuge dans mon maître.
Je me laisse emplir du sourire de sa présence et de mon propre sourire intérieur.

Puis, j'entame le mantra du SWA.
Je visualise la couleur vert émeraude qui représente la santé et la compréhension du devenir de tous les cycles de naissance.

Je me sens équilibré, en harmonie avec moi-même et avec la terre.
J'offre mon énergie aux êtres affamés.

Les démons usurpateurs d'énergie se transformeront en protecteurs.
Ils te permettront de dépasser tes peurs et de comprendre la puissance dont tu es dépositaire.

Cette puissance, si tu l'acceptes, fera de toi un serviteur divin capable de modeler le monde.

Je reste longuement à méditer sur ces enseignements.

Le jour se lève quand je rentre au monastère.
Les premiers coups de gong résonnent pour appeler à la prière.
Deux moines chantent sur les toits du temple.

Je me glisse dans mon sac de couchage.
La chaleur m'enveloppe et je coule dans un rêve qui se mêle aux bruits extérieurs.
Je me sens protégé.

*

Les coups répétés à la porte me tirent de ma somnolence et je me lève rapidement, comme pris en défaut de faire la grasse matinée.
Je n'ai dormi que trois heures mais je me sens frais et dispos.

Je partage avec Tenzing le thé qu'il est venu m'apporter.
Nous mangeons avec délice une orange achetée la veille au marché et dégustons quelques gâteaux offerts par le commerçant indien.

LE CENTRE GÉNITAL

Je passe les dix jours suivants enfermé avec le saint Rimpoché à recevoir ses enseignements sur la sexualité et les pratiques tantriques qui s'y rattachent.

Ces enseignements sont contenus dans des textes sacrés, des tantras spécifiques connus seulement au sein d'une lignée restreinte.

Dans les textes sacrés, la conscience est une, le corps n'en est que le support.

Entre les pratiques sacrées et le quotidien dans lequel nous vivons, il y a toute une gamme de manifestations de la sexualité. Un monde les sépare. Sommes-nous si loin du divin?

J'ai besoin de prendre un temps de réflexion.

Ce matin, sur le conseil de mon Lama, je me mets seul en quête des différents terrains de semence qui peuvent s'offrir à mon observation.

Au cours de mon expérimentation des centres précédents, j'ai pu constater la puissance avec laquelle les énergies et les émotions correspondantes remontent à la surface.
Quel autre chaos somnole dans mes profondeurs?

Je me mets en route, curieux de ce qui m'attend.

*
***

Une brume épaisse enveloppe l'horizon. Je devine seulement les montagnes.

Peu à peu, le soleil révèle les cimes. Les plaques de neige éclatent de blancheur dans le ciel bleu.
La brume se lève sur la campagne.
Autour de moi, c'est un voile qui se déchire.

Au détour d'un chemin, un paysan sarcle sa terre pour la faire respirer un peu.
Il est au milieu d'un petit champ arraché aux

éléments qui s'acharnent sur les pentes arides des montagnes.
Ses gestes ont la tendresse d'une caresse. Une caresse sur le ventre d'une femme pour que l'enfant qu'elle porte se sente aimé et heureux avant de naître.

Comme le cultivateur qui nourrit sa terre, tout être participe à la création de la vie.

*

Je m'arrête pour prendre un peu du thé de mon thermos. J'en offre au cultivateur.
Il est content de me voir. Il m'a aperçu à la fête qui s'est tenue au monastère il y a quelque temps et il a été intrigué de ma présence.

À quelques pas de nous, son chien monte une chienne en chaleur. Nous échangeons un regard devant ce rappel, aimable et cru, des voies de la nature.

Encore une fois, je trouve sur mon chemin une manifestation, sous une forme ou une autre, de mon principal sujet de réflexion. Et comme toujours, j'y vois un clin d'œil de mon maître.

Je reprends mon chemin.
J'éprouve le besoin de descendre vers la ville.

*
***
*

Après le voyage bousculé en Jeep, je me retrouve dans le brouhaha de la ville indienne à la tombée du jour. Je me dirige vers la rue où le jeu de la séduction et les instincts sexuels ont libre cours.

Des femmes adossées aux portes des maisons me sourient.
Elles reconnaissent en moi le touriste et l'aubaine.
Je les déçois de toute évidence en ne répondant pas à leurs avances.
L'une d'elles me lance une insulte que je ne comprends pas mais qui porte sans doute sur mon orientation sexuelle.
Je les laisse à leurs interrogations.

Je poursuis mon chemin et je m'arrête pour prendre un thé et des biscuits.

Le patron de l'échoppe s'empresse lui aussi à vouloir répondre à mes désirs. Il me propose

des aromates à mélanger dans mon thé avec un clin d'œil entendu. Je comprends sans traduction qu'il s'agit de plantes qui sont "bonnes pour l'énergie de l'homme". Je décline avec le plus de délicatesse possible.
Sans plus de formalité qu'un haussement d'épaules, il retourne à sa discussion avec un groupe d'hommes assis à quelques tables de moi.

Je reste seul, en spectateur.
J'observe le va et vient des femmes dans la rue. La plupart sont belles et très jeunes. Elles sont parées de bracelets et de bijoux, enveloppées de saris de soie aux somptueuses couleurs. La sensualité personnifiée.
Autour d'elles, des hommes se pavanent avec une importance de propriétaires.

Hommes et femmes sont engagés dans un mouvement rythmé par des échanges de regards, des pas activés par un appel, ralentis par un refus.
Les poitrines se bombent, les cous se tendent ou s'inclinent dans une gamme d'intentions claires sans qu'une parole ne soit échangée.
C'est la danse des sollicitations. Un dialogue charnel où seules parlent les énergies du désir.

*

Après avoir siroté mon thé, je musarde au gré de ruelles éclairées parcimonieusement.
Je m'arrête devant un petit temple hindou.
Il y a là des offrandes autour d'un linga. Cette forme de pénis en érection est présente dans la plupart des représentations sacrées.
En fait, ce linga ne représente pas tant l'acte sexuel que la puissance, à l'origine, la puissance du dieu Shiva et l'idée de la création.

Chez les Hindous, l'érotisme fait partie intégrante de la vie.

Le profane rejoint le sacré.

*

Le temps a passé sans que je m'en aperçoive.
Il se fait tard.
Je prends une chambre dans un petit hôtel plutôt que de remonter à la hâte à la gompa.

Je laisse ma fenêtre ouverte afin de bien ressentir les énergies qui montent de la rue et celles qui descendent des montagnes voisines.

L'être humain est le confluent des forces bestiales et de l'énergie divine.
Il réside dans un plan intermédiaire, ayant dépassé le cycle animal mais pas encore intégré

ses pulsions. Dans sa quête de l'espace sacré, il se fourvoie dans ses propres méandres.
Les prédateurs et les envieux rôdent autour du même espace, prêts à y pénétrer pour s'y repaître et prendre forme.

L'être doit contenir la globalité de ses dimensions et s'en rendre maître. Cette synergie réalisée, il sera en harmonie pour retrouver le chemin de la lumière.

Je retourne aux tantras.

Je médite sur les rapports entre hommes et femmes et ce qui appartient au divin.
N'y a-t-il pas entre deux partenaires qui s'aiment un accouplement des âmes?
Quelque chose qui transcende l'union des corps et la recherche de jouissance personnelle?
Un don de soi et un grand respect?

Seul l'être humain a la capacité de créer sciemment la vie.
La capacité aussi de permettre à un nouvel être de se réaliser en ce monde.

Mais l'incarnation ne devrait se faire que par l'amour, l'engagement de l'âme présente dans le mouvement du cœur et du corps.

Tout réside dans notre compréhension du sacré et de sa manifestation en nous.

Pourquoi nous perdons-nous dans l'assouvissement de besoins dont le sens du divin est absent?
Dont le respect de soi est absent?
Où s'est égarée notre conscience du tout que nous formons avec l'essence de la vie?
D'où viennent les peurs qui nous régissent?
Peur du manque, peur de la solitude?
Peur du rejet?
Peur de la mort?

Cette plongée en moi me rappelle que le centre génital peut être le siège de besoins inassouvis et d'errances, mais il peut aussi, s'il est accepté et intégré, mener à l'amour. Il prend alors toute sa dimension spirituelle et créatrice.

J'ai besoin de ressentir mon énergie sexuelle dans toutes les sphères de mon être.
J'exécute les respirations et les mantras.
Je commence par le OM qui stimule ma relation avec le divin.
Puis le HA fait résonner ma gorge, le HUNG fait vibrer mon cœur.
En continuant de descendre, j'accentue le SWA

de l'ombilic et je répète le AH du centre génital en visualisant la couleur de l'ambre avant de remonter.

Tous mes centres activés se mettent en résonance.
Je suis enveloppé dans une couleur de feu de braise.
Je ressens l'énergie reliée à mon centre génital comme une chaleur et une force qui m'irradient.

Je fais circuler dans mon corps les énergies me reliant à la partie féminine de mon être, ma shakti. Mon corps forme l'unité dans le mouvement ascendant et descendant, de la tête aux organes génitaux, en passant par le cœur.

En fusionnant avec toi-même, tu seras déjà dans le principe de trouver, le moment venu, ta partenaire.

Votre union fera de chacun de vous un dieu, assis sur les toits du monde, au centre du centre de l'univers, son propre mandala.

*

****

*

Je me réveille à l'aube aux pétarades des scooters et aux coups de sonnette des rickshaws. Les odeurs de friture des galettes au miel me rappellent à la réalité.
Je ne suis pas à la gompa.

Je n'ai dormi que quelques heures, d'un sommeil agité.

La danse des sollicitations à laquelle j'ai assisté en soirée m'a forcé à regarder mes expériences passées. J'ai été confronté à mes questionnements sur la possibilité d'équilibre et d'harmonie dans une sexualité sainement vécue.

Ces interrogations en amènent d'autres par rapport à la démarche que je fais actuellement. C'est une démarche qui demande un engagement total, mais elle est protégée. Bien protégée.
Suis-je en train de faire du tourisme spirituel ou est-ce que je comprends vraiment, dans toute ma fibre, le cheminement que j'accomplis?

Comment vais-je appliquer ces enseignements lorsque je me trouverai pris à un feu rouge au milieu de chauffards accrochés à leur téléphone portable?

La présence intérieure de mon maître sera-t-elle assez forte pour me guider?

Combien de fois vais-je regretter une deuxième portion de lapin à la moutarde?
Comment vais-je pouvoir distinguer entre mes vrais besoins et ceux qui sont dictés par la nature et le rythme de la société qui m'entoure?
Comme tout être humain, je subis le poids de sollicitations de tout ordre. Temps, travail, argent, reconnaissance...

Il me semble tout à coup que plus j'avance dans ma démarche, plus je suis dérangé dans mes émotions.
Suis-je en train d'émanciper mes centres ou de plonger dans mon propre chaos?
À quoi sert tout ce travail?

Je m'arrête tout net dans ce moment de rébellion.
De quoi ai-je peur?

Les klaxons se font plus nombreux dans la rue. Il vaut mieux me mettre en route avant que le tumulte ne reprenne possession de la ville.

Bien des gens dorment encore sur des lits de natte à même la rue.
Un chien errant, étonné de rencontrer un être humain qui ne lui donne ni coup de pied ni coup de bâton, me suit la queue basse jusqu'aux portes du faubourg.
Un camion est sur mes talons. Je presse le pas. Ses coups de klaxon éraillé achèvent de me sortir de ma rêverie.
Je lui cède la route et je prends sa fumée d'huile mal consommée en plein visage.
Je lui lâche un juron et je pense aux colères homériques de l'économe.
Même les lamas se fâchent parfois.

Je me fais reconduire aux abords du monastère. Je suis pressé de retrouver le calme et le parfum de la forêt de rhododendrons.

Tout à fait réveillé par la brise fraîche qui descend de la montagne, j'arpente la campagne.

En chemin, je croise des femmes qui marchent lentement, droites, la tête chargée d'énormes fagots. D'autres s'affairent encore à ramasser le bois pour le foyer où elles vont préparer la nourriture. Sans même s'interrompre dans leur tâche, elles me lancent le bonjour. "*Tashidale*".

Ce salut s'adresse peut-être un peu à leurs maris. Ils travaillent aux champs, je les croiserai plus loin sur ma route.

Le soleil qui se lève derrière la montagne fait éclater de mille feux les gouttelettes de rosée. Je retrouve la sérénité.

*

****

*

À la gompa , Taklung Tsetul Rimpoché fait ses circumambulations.
Il est en méditation profonde mais il me voit. Il fait tourner les moulins à prière qui bordent le mur extérieur en venant à ma rencontre.
Il veut savoir si ma réflexion a porté fruit.

Je fais un signe de la tête.

Une étincelle dans l'œil il me demande si, poussé par des besoins physiques bien naturels, j'ai étanché ma soif.

J'éclate de rire.

Il rit à son tour.

Il attend.

Je lui dis alors que cet exercice aura au moins servi à me rappeler que je suis humain. J'ai préféré ne pas m'exposer plus longtemps aux tentations.
En ville, les pulsions se confondent dans le bruit et la frénésie en quête d'action.
Mon esprit n'a pas réussi à faire le vide.

Mon maître hoche la tête en fermant les yeux, en signe d'approbation et de communion.
Il en a assez entendu pour aujourd'hui.
Il m'envoie me reposer.

C'est maintenant, grâce au calme retrouvé, que je vais faire la part des choses.

L'être est attiré par son semblable.
La fusion ne peut se faire qu'entre deux énergies de même nature pour que la création puisse progresser de façon harmonieuse.
La graine mûrit dans la terre, l'animal féconde l'animal, l'humain choisit son partenaire pour donner la vie.

De retour dans mon appartement, je me mets en état de méditation.

Je pratique mantras et respirations en me concentrant sur le parcours des énergies qui circulent en moi.

Je m'efforce d'être présent à ce centre qui me relie à la terre.
Je reviens à la première leçon de mon Maître sur le centre génital.

Pour ne point vieillir, l'être humain ne devrait jamais laisser ce centre s'endormir.
C'est l'assise de la création.
Mais il ne devrait être mis en action que par le cœur.
Ce n'est que dans l'amour que l'être humain peut s'accomplir.
Ce centre nous ramène au divin.
Honore-le comme tel.

*

Au milieu de la matinée, je me rends dans les appartements de mon Lama.
Je lui offre une khata en remerciement pour les enseignements reçus.
Il la reçoit avec le sourire d'un père.

Puis, il en sort une de sa tchuba. Après en avoir touché son front, il la porte à ma tête, à ma gorge, à mon cœur et il la dépose autour de mon cou, dans un geste tendre et majestueux.

Après quelques instants de recueillement, il poursuit :

Tout ce que je t'ai enseigné est faux.

La connaissance ne peut venir que de l'expérimentation.
L'instruction, quelle qu'elle soit, si elle n'est pas vécue, ne fait que nourrir l'intellect. Celui-ci se charge de ne faire apparaître qu'un côté, celui de la facilité, qui permet à l'être humain de préserver son confort d'incertitude.

Toute vérité est relative au moment présent qui change d'instant en instant.

TROISIÈME PARTIE

LES PORTES

Je termine une semaine de retraite avec Taklung Tsetul Rimpoché.
Nous avons pratiqué les respirations et les mantras dans leur dimension spirituelle et énergétique pour bien me préparer au séjour si attendu dans la grotte de méditation : cinq semaines de réclusion, dans un état de semi-jeûne avec mon énergie pour seule ressource.

À part les mantras, la plupart de nos sessions se sont passées dans le plus grand silence. Celui de la concentration, du recueillement. Celui aussi de la communion où toute parole est superflue.

D'ailleurs, mon maître devine les craintes qui m'habitent.

Il s'est contenté de me dire que ce travail va ouvrir mes cinq centres et les mettre en harmonie. Je consacrerai une semaine environ à chaque phase. Je reconnaîtrai le moment de passer d'un centre à l'autre.

Il a ajouté, en me regardant droit dans les yeux, que je pouvais à tout moment mettre fin à l'exercice si j'en sentais le besoin.

*

Nous faisons notre méditation du matin comme d'habitude puis, le Maître m'annonce qu'il est temps de faire mes derniers préparatifs.

Le lieu de retraite se trouve à quelques jours de marche de la gompa, dans la montagne.
Tenzing m'accompagnera pour le trajet. Il a déjà reçu les instructions.
Je ravale mes questions.
Le Maître ne m'en dira pas plus et Tenzing sait être muet comme une tombe.

Je regagne mon appartement pour préparer des vêtements simples et chauds, mon sac de couchage, un nécessaire de toilette réduit au plus strict minimum et mes fidèles souliers de marche.

Le temps que je termine, Tenzing est déjà dans l'encadrement de la porte.
Je lui emboîte le pas.

*

Nous contournons la gompa pour prendre le raidillon qui se dirige vers les parois rocheuses.

Dans la matinée, le soleil tape fort.
Nous faisons une pause pour enlever les manches de nos tchubas et bien les rouler à la taille.
Nous prenons aussi un peu de thé.

Autour de nous, le terrain est aride.
Il n'y a plus d'arbres à cette altitude, seulement quelques arbrisseaux qui pendent entre les roches couvertes çà et là de plaques de lichen.
Je suis frappé par la vigueur et la ténacité des racines qui se lancent à l'assaut d'une autre pousse, à même la roche.
La mousse est jaunâtre, brûlée par le soleil et le vent.

Nous reprenons la marche.
Le chemin est raide, difficile.

Vers le milieu de l'après-midi, le sentier tourne à gauche, directement sur la paroi rocheuse.

C'est étonnant, je ne vois ni sortie ni fissure qui nous permettraient de passer.
Le chemin s'arrête à un mur de roche.

Il y a des textes taillés dans la pierre.
Sans doute des prières pour amadouer les dieux de la montagne.
Tenzing les examine : ils indiquent le chemin.
En les suivant, nous arrivons effectivement à une percée qui redescend, contourne la paroi et nous fait passer de l'autre côté.

Nous voilà au-dessus d'une petite vallée.
Au fond, un torrent couleur émeraude scintille au soleil. Le courant est vif et l'écume blanche vient lécher les rochers.

Nous devrions bientôt rejoindre des bergers avec leurs troupeaux de chèvres et de yaks.
Nous ne croisons pas de troupeaux mais à la nuit tombante, nous atteignons effectivement un hameau.

Tenzing se dirige vers un des refuges de berger.
C'est là que nous allons dormir.

Cette journée de marche vigoureuse en altitude m'a creusé l'appétit.
Le thé noir et la tsampa ne m'ont jamais paru aussi délicieux.

Le lendemain, nous nous réveillons à l'aube.
J'ai dormi d'un trait, comme une masse.
Tenzing me dit qu'il faut reprendre la route sans tarder pour arriver avant la nuit.

Nous marchons en silence.

Au bout d'une heure à peine, le ciel devient de plomb.
Il nous décharge une pluie diluvienne. En quelques instants, nous voilà trempés jusqu'aux os. J'annonce que je vais chercher un abri.
Tenzing me fait remarquer que nous n'avons pas de temps à perdre.

Je me sens comme un gamin qu'on rattrape au collet.

Tenzing n'a pas fini sa phrase que le tonnerre se met de la partie.
La montagne semble s'ouvrir.
Les cimes sont couronnées d'éclairs et la roche résonne des cris du dragon qui dormait dans ses flancs. On dirait qu'ils percent les nuages.
Je vois là un rappel à l'ordre venu d'en haut : on me demande de faire un effort spécial pour prouver que ma démarche est sérieuse.
Je presse le pas en grommelant que nous aurions bien pu attendre une journée de plus.

La pluie s'arrête.

Nous marchons d'un pas plus léger jusqu'au col qui nous sépare de l'autre versant de la montagne.
Au sommet, Tenzing et moi sommes accueillis par un claquement de bannières : des chevaux de souffle.

Nous déposons quelques biscuits sur des pierres plates dans l'espoir que les dieux du col nous garantiront une route sans plus d'incident.

De toute évidence, nous sommes engagés dans un dialogue de sourds.

Le ciel s'obscurcit de nouveau.
De lourds nuages, venus au galop, nous enveloppent et lâchent sur nous une grêle qui nous atteint comme des milliers de flèches décochées simultanément.

Pas de doute, c'est une épreuve.

En fin de journée, transpercés de part en part par le vent et la pluie, nous arrivons à l'entrée de l'ermitage.

C'est une vraie grotte.
Une faille dans le rocher.
C'est là, à l'abri, mais tout juste, que je vais attendre le signe de mon maître pour redescendre vers la civilisation.
Si je tiens le coup.

Nous pénétrons de quelques mètres dans la brèche pour arriver dans une petite salle noircie par la fumée.
Même à la lueur de notre chandelle, les parois restent sombres.
Je veux explorer, mais Tenzing me dit que je continuerai seul, après son départ.
Nous allons passer la nuit ensemble ici.

Il me désigne la natte installée là , recouverte d'un tapis usé.
C'est mon lit.
Tenzing dormira à terre près de l'entrée de la grotte.
J'enlève ma tchuba détrempée qui sent le chien mouillé.
Je défais mon sac de couchage en toute hâte.
Fourbu, je m'y glisse et me laisse aller à l'engourdissement total.

Un filet d'air frais me tire de mon sommeil.
Le soleil se lève.
Je profite de ce moment magique pour sortir sur le petit promontoire qui fait face à la vallée.
Le bruissement du torrent sur les galets se mêle aux cris de rapaces en quête de nourriture.

Tenzing est là en méditation.
Je me joins à lui.

Puis, ensemble, nous descendons ramasser une provision de bois.
Quelqu'un a laissé un fagot tout préparé.

Cette intention me réconforte un peu.

De retour dans la grotte, je vois mieux mon nouvel environnement.
En plus de la natte, il y a un foyer fait de grosses roches appuyées les unes sur les autres. On peut y faire tenir une casserole.
Tenzing prépare un feu et nous fait du thé que nous buvons en silence.

Puis, il ramasse son sac à dos.
Il me dit qu'au bout de la semaine, il m'apportera un nouveau lot de provisions.

Je le regarde s'éloigner.

Une semaine...
Mon cœur se serre.

Je me sens abandonné.

*

Je rentre dans la grotte, je fais le tour du propriétaire.

Je m'affaire.

Je range dans un coin les provisions et les ustensiles que Tenzing a apportés : deux petits récipients de métal blanc, une écuelle en bois.
J'ai mon couteau suisse avec fourchette, cuiller... et tire-bouchon. Largement assez pour une cuisine qui se composera d'eau, d'orge grillé, de sel et de thé.
Cette nourriture doit me soutenir tout en laissant mon corps alerte pour le travail intense de transformation à faire.

J'ai rangé tout ce que j'avais à ranger dans le coin cuisine.
J'ai fait un semblant de ménage avec un vieux balai fait de branches.
Jusqu'à présent, tout se passe relativement bien.
Pourtant, je suis de plus en plus conscient de ce que je n'ai pas...

Je sors mes effets personnels. J'en fais l'inventaire.
Le papier de toilette...
J'ai oublié le papier de toilette.

Un mouvement de panique s'empare de moi.

*

Où que je me tourne, je suis face à moi-même.

Tout semblait pourtant bien précis. Je m'enferme dans une grotte pour pratiquer des exercices que j'ai faits des centaines de fois...
Maintenant, je me rends compte à quel point le parcours est inconnu.
"Il" ne m'a pas donné la carte.

Ma crainte n'est pas pour les bêtes qui pourraient entrer, elle n'est pas pour les cris du vent qui s'engouffrent dans la caverne comme des démons venus me rendre visite.

C'est la solitude que je redoute.

Je fais de nouveau le tour de la pièce qui sera ma chambre, ma cuisine et mon lieu de repos pour les semaines à venir.

Je ramasse un petit sac de provision de chandelles et je m'enfonce dans le passage bas.
Je suis obligé de me courber, geste d'humilité et d'intériorisation.

Il fait très sombre.
Je m'avance en tâtonnant. Le sol est inégal.
Ma chandelle fait danser mon ombre sur les murs et le plafond.
Le couloir doit bien faire dix mètres.
J'arrive enfin au bout.

Non, ça tourne.

Un deuxième tunnel.
Celui-ci est moins long. Sept mètres peut-être, mais quel espace!
Une voûte, si haute qu'elle échappe à ma faible lumière.
J'ai l'impression d'être dans une cathédrale où l'odeur de l'encens se mêlerait à une odeur de moisi, d'urine, de vieille crasse, de peau et de cuir chevelu qui auraient beaucoup transpiré.

Je sens le travail qui s'est fait ici.

Je reçois l'énergie qui émane du sol, des murs, de cette voûte où les yogis ont élancé leur âme vers d'autres plans.

Je promène ma chandelle le long des murs.
Ils sont recouverts de dessins qui me rappellent les thankas. Aux visages distordus et à leurs attributs multiples, je reconnais différents yidams, ces dieux intérieurs qui sont, un peu comme des bons ou des mauvais génies, les projections de nous-mêmes.
Ils protègent la grotte et ceux qui y séjournent. Pourtant, la plupart sont représentés en train de déchiqueter des corps de leurs crocs acérés. Façon imagée de rappeler que l'initiation qui se fait ici est celle de la mort, de la renaissance, de la destruction et de la reconstruction.

*

Le deuxième passage débouche sur une salle carrée, très haute.
Le plafond est de forme pyramidale.
Une pierre plate forme un siège qui se trouve directement sous le sommet de la pyramide.

Au centre de chacun des murs, une petite niche abrite une lampe à beurre qui symbolise le

Bouddha. Tout autour des niches, des représentations de ses différentes formes et manifestations sont peintes à même le mur.

Voici donc les quatre portes : chaque mur en représente une.
La dernière, c'est le centre, l'axis mundi désigné d'avance par la pierre plate.
La porte du cœur.

Je m'assieds sur la pierre plate.
Je regarde longuement mon nouvel environnement, je m'en imprègne.
Mes oreilles bourdonnent.
Cette pièce vibre de puissantes énergies.
Je ferme les yeux et je me centre.

Le silence est encore plus profond, les odeurs plus fortes.
Je frissonne.
Il faut que je dépose mes frayeurs.

Je regarde à nouveau les murs.
Mes yeux se sont faits un peu à la noirceur.
Les niches et les peintures me rappellent que je suis protégé.

Je suis en présence de mon maître.

Ayant fait le calme en moi et apprivoisé ma nouvelle demeure, je retourne dans le passage. J'examine de plus près les peintures.

Les corps déchiquetés, les démons...
... ce sont mes capacités psychiques, mes siddhis, endormis au fond de moi-même.
C'est ce que je vais réveiller en ouvrant les portes de mes centres...

*

Assis en position de lotus, j'entre en méditation. J'intériorise le silence, l'énergie présente, et j'exécute lentement les cinq respirations, sept fois chacune.

Je me sens suspendu dans mon corps et dans le temps...

PORTE DE L'EST

LA TÊTE

Levé à l'aube, je sors accueillir le jour sur le promontoire.
J'invoque l'énergie ambiante, vaste, pleine du potentiel de ce qui n'est pas encore.
Je me place en relation directe avec l'énergie divine avant d'ouvrir la porte de l'Est, celle de la tête.
Je reste à méditer face au soleil levant.

Le soleil pénètre ma tête, mon corps, m'emplit de sa puissance rayonnante.

Puis, je me relève lentement.
Je me déplace avec précaution, comme si j'étais une coupe pleine d'or liquide dont je ne voudrais laisser échapper la moindre goutte.

Dans la salle de méditation, je procède au rituel préalable.
J'allume des bâtonnets d'encens.
Je remplis les lampes à beurre et les allume à leur tour.
Puis, je mets de l'eau fraîche dans les petits bols à offrandcs.

Assis en lotus devant la porte de l'Est, j'effectue les respirations et le mantra de l'OM en visualisant la couleur et les reflets d'un diamant qui émanent de ma tête.
Une lumière transparente, comme une source, iridescente comme une goutte de rosée emplit mon corps, se réverbère sur le mur et irradie la caverne.
Le sommet de la pyramide me la renvoie en un faisceau qui se projette au plus profond de moi.

Je fais résonner le mantra dans toute ma tête.
La résonance communique à mon corps une sensation de légèreté qui me pousse à vérifier que je ne suis pas en train de léviter.
Je sens le long de mes fibres nerveuses une caresse qui se prolonge jusque dans mes organes.
Chaque fois qu'un des cinq centres est touché, il vibre, puis me donne la sensation qu'il n'existe plus.

De mon damaru, je scande le martèlement des sabots de mon cheval divin sur le tambour sacré de la terre afin qu'elle s'ouvre et me confère sa richesse.

Je voyage dans les sphères célestes.
Comme le chaman, je livre un rude combat aux forces adverses, aux ombres qui sèment la confusion dans l'esprit en proie à ses propres monstres.

Au centre de ma tête, les vibrations du martèlement extérieur rencontrent celles du mantra en puissante synergie.
Mon damaru scande avec fébrilité.

Un flot, comme un élixir de longue vie, coule à l'intérieur de mon corps.
Je le ressens dans tous mes tissus, mes muscles, mes nerfs, mes veines.

Les murs disparaissent devant mes yeux.
Les peintures se mettent à danser.
Je tournoie, je virevolte avec elles.
Je flotte dans un lieu sans limite.

Une sphère d'un blanc lumineux m'enveloppe et me berce dans son mouvement.

J'entends chanter à mon oreille.

Seul l'infini doit rester visible.

La voie du divin est ouverte.
Tout est clair dans mon esprit.

*

Les lampes à beurre se mettent à vaciller.
Je reviens doucement dans mon corps et j'exécute le mudra d'unité :

Mes mains s'élèvent jusqu'au-dessus de ma tête.
Les doigts se joignent, les paumes, légèrement arrondies se font face.
Je laisse mes mains redescendre lentement de chaque côté de mon corps, paumes tournées vers l'intérieur.
Elles viennent se déposer sur mes jambes.
Le geste sacré ramène tous mes centres à l'intérieur de mon cœur.

Une à une, les lampes s'éteignent.

Dehors, la nuit est tombée.
L'air frais vient surprendre mon corps encore vibrant de cette première journée de contact direct avec les grandes énergies.

Je me mets à trembler et je me rends compte que je n'ai pas mangé de la journée.

Je me fais chauffer de l'eau que je bois telle quelle et je mets du thé à infuser pour la tsampa. Puis, je fais griller une poignée de farine d'orge dans un peu de beurre de yak. Elle grésille dans la casserole qui noircit rapidement au fond. Je la transfère dans mon écuelle où je verse du thé goutte à goutte. Il se forme une pâte que je roule en boulettes entre mes doigts.

Je consomme mon modeste festin avec la lenteur et l'appréciation réservées aux repas de fête.

Je remercie la terre pour son abondance.

Je me couche en posant la tête dans le giron de mon Maître.

*

***

*

Je me réveille en me demandant si j'ai dormi longtemps.

Mon Maître était présent.

Il continuait à m'enseigner et à lever le voile sur ce que j'ai vécu.

Un rayon de soleil.
C'est le matin.
Mais quel matin?
J'ai l'impression d'émerger d'un film de science-fiction.

En me levant, j'éprouve une vague reconnaissance à constater que non seulement j'ai un corps, mais qu'il est encore d'apparence humaine. Je ressens des courbatures partout.

Des bribes me reviennent.

Les peintures sur les murs sont devenues moi. Mes propres ombres voulaient m'entraîner dans un gouffre sur lequel j'étais penché et dont je ne voyais pas le fond.
J'ai été pris de vertige et de nausée.
Combien de temps suis-je resté dans cet état?
J'ai vécu une sorte de possession.

À un moment donné, une lumière s'est faite et le visage de mon Maître m'est apparu.
Il souriait.
J'ai vu une armée d'ombres se fondre dans les murs et dans le sol.

*

***

*

Je suis à bout de rations.
Est-il possible que j'aie passé toute la semaine?
J'ai mangé, j'ai utilisé tout l'encens, presque tout le beurre.

Comme si j'avais agi sous l'emprise d'alcool ou de drogue, je trouve les traces de mes actions mais aucun souvenir.

*

***

*

J'attends Tenzing avec impatience.
Je m'accorde une journée de repos pour profiter de sa venue.

Curieusement, je ne me sens nullement affaibli.
Au contraire.
Le travail des énergies compense le peu de nourriture.
Tout mon organisme fonctionne à un autre rythme, comme s'il était en veilleuse.
Je ne souffre nullement de la faim.

Je reconnais sur moi l'odeur qui m'a frappé à mon arrivée.
Ma tchuba en est imprégnée, mes sous-vêtements aussi.
Je n'ai jamais transpiré de cette façon.
Je sens la vieille sueur et mon haleine doit être épouvantable.

Au fait, depuis combien de temps ne me suis-je pas lavé?

Les jours, les nuits se confondent.
Le temps a filé sans que je m'en rende compte.

*

J'ai apprivoisé le silence, le mien, celui de la grotte.
Cette retraite loin de tous les bruits habituels m'en fait découvrir d'autres.
J'entends le torrent, les modulations du vent dans les montagnes.
Je reconnais les cris d'oiseaux, je sais dans quelle direction ils passent.
Je vois quelques aigles, splendides dans leur vol.
Des vautours vont et viennnent au crépuscule. Il doit y avoir des nids dans les escarpements.
J'entends aussi parfois de vagues échos portés par la montagne : un troupeau peut-être.

Tenzing devrait arriver d'un moment à l'autre.

Le soir descend sur l'horizon. La crainte m'envahit.

La journée a passé.
Je me suis trompé de jour?
M'aurait-on oublié?

*

Je me réfugie dans le temple aux portes pour calmer mon inquiétude.

Ma dernière lampe consumée, je réemprunte les deux couloirs.
Il fait tellement sombre que je dois me guider de la main sur les parois humides.
Je me cogne en faisant attention de ne pas glisser.

Le stock de provisions m'attend sur le promontoire.
Mais Tenzing est reparti.
Pas le moindre message.

Le Maître aura donné l'ordre de ne pas me déranger.

Comme pour me rassurer, je prends deux rations d'orge.

PORTE DE L'OUEST

Gorge

Je me réveille en pleine nuit.
Je ne sais pas combien de temps j'ai dormi.

Je me rends à mon lieu de méditation.
Je remercie pour le travail accompli et ce qui m'a déjà été accordé pour l'avenir.

J'ai survécu à la première semaine, la deuxième devrait être moins pénible.
Mon esprit est plus calme face à ce qui risque de se présenter à la porte de la gorge.
Siège des dieux jaloux.
Porte du feu de la transformation et de la purification.

Avec le mantra du grand AH, ma gorge s'emplit d'une énergie de feu.
Toute la pièce devient rouge.

En dehors et en-dedans de moi, les forces titanesques s'agitent et me confrontent.
Je m'attendais à ce que mes démons me donnent du fil à retordre...
En cercle serré autour de moi, ils sucent mon énergie.
Cette horrible vision dure une éternité.

Ils me ramènent à moi-même, à ma force destructrice.
Les paroles qui condamnent et qui atteignent tôt ou tard celui qui les a exprimées.
Les paroles tues.
Un univers dont l'énergie couve comme un volcan prêt à exploser.
Le monde du refoulé.

J'invoque le pouvoir régénérateur de la parole, celle qui procède d'en haut.
La parole qui rassure et qui aime.

Je reprends le AH avec toute mon énergie.
Je me retrouve entre l'esprit et le cœur.
Une harmonie de chaleur se fait en moi.

Ma gorge s'ouvre.
Elle vibre et rayonnne d'une énergie bénéfique qui se répand dans tout mon être.

Une sphère couleur rubis m'enveloppe.
Elle vient se superposer à la sphère blanche, toujours présente, et se met à tourner en sens inverse.
Les deux se font équilibre dans l'immobilité du moment présent.
La chaleur se transforme en un courant d'amour.
Par le mudra d'unité, j'intègre cette nouvelle puissance à l'intérieur de mon corps.

Je vais mettre en action le pouvoir de la parole juste.

*

****

*

La deuxième semaine est rude, plus violente que la première.
Mais j'y trouve une sérénité face au chaos.
L'émancipation de mes centres me livre à mes propres forces destructrices.
Il n'y a qu'une chose à faire : les laisser monter et m'y mesurer.

Mon maître est avec moi.
Je vais chercher les nouvelles provisions que Tenzing m'a déposées à l'entrée de la grotte.
La soirée est merveilleuse, il fait doux.

Après un souper d'orge frais, je m'installe sur le promontoire.
Je dormirai à la belle étoile.

Le silence majestueux me sollicite dans ce que j'ai à accomplir.
Mon esprit et ma parole sont en disponibilité.

PORTE DU NORD

Ombilic

Sur mon visage, la rosée du matin est comme une caresse.
J'en sens la fraîcheur s'évaporer, absorbée par le soleil rougeoyant qui monte entre les deux cimes voisines.

Hercule sort des forges de Vulcain.

Je descends faire une toilette dans le petit torrent. Je m'asperge de cette eau froide pure qui me donne un bon coup de fouet.

Tout à coup, j'entends un grondement familier.
L'orage.
Dans les Himalayas, les orages ont l'ampleur de l'environnement.
Je me dépêche de remonter.

De mon abri, j'assiste à la symphonie des éléments.
Le ciel et la terre se sont donné rendez-vous pour participer à une danse infernale et réveiller le dragon qui dort au sous-sol.
Les roulements du tonnerre ébranlent la montagne.
L'eau arrive en trombes avec un crépitement serré.
On dirait un galop de chevaux affolés.
La pluie fait un rideau noir devant la grotte.
Je sens jusque dans mes os une humidité froide.
Je laisse entrer en moi les trépidations de l'orage et je me dis que la tempête extérieure me prépare bien au chaos que vont subir mes entrailles, une semaine durant.

Tout à coup, l'orage se tait.
La pluie s'arrête net.

Je m'avance sur le promontoire.
Un arc-en-ciel somptueux enjambe les cimes.
Signe que la paix s'est faite entre les éléments.
Je respire à pleins poumons la riche odeur de roche et de terre mouillées.
L'herbe dans la vallée scintille et me rappelle que la renaissance se trouve à l'intérieur du sous-sol toujours prêt à donner la vie.

L'énergie verte.

*

Dans la salle de méditation, je me mets en présence de la matière en mouvement, au-dehors et en-dedans de moi.

Le mantra SWA plonge en moi, comme dans un puits.
La vibration qui se fait dans mon ventre me permet de l'identifier, de l'emplir et d'y puiser.
Mes organes se contractent sous une douce pression de tout l'appareil digestif lorsque j'émets le SWA.
Ils se relâchent lorsque j'inspire profondément.
Je visualise la couleur émeraude et j'établis le contact avec ma gorge.
Les deux centres sont en rapport direct : toute nourriture doit passer par la gorge.
Ils sont aussi en rapport direct dans le mouvement de leurs énergies.
Je traverse les méandres de mon cycle digestif.
Je me laisse broyer comme l'orge que j'ai consommé.
Mon corps se met à vibrer.
Toutes mes cellules se nourrissent de l'énergie générée par mon souffle et ma digestion, tonifiée par les herbes odoriférantes qui emplissent la caverne.

Une sphère verte se forme autour de mon corps et englobe les précédentes.

Une vigueur nouvelle circule en moi.

*

***

*

Le lendemain, ou plusieurs jours plus tard, la montagne tremble.

Les vibrations des éléments déchaînés donnent une intensité accrue aux énergies auxquelles je me mesure.
Mon travail intérieur fait écho à la rage céleste.
Je broie mes angoisses, ma peur du changement, mon besoin inapproprié d'aller au-delà de ma faim.
Je renais à ma propre transformation.
Je souris à la tempête.

Lorsque j'émerge de mes exercices, j'ai l'impression que les yidams sur les murs sourient eux aussi.

*

Je sors me mettre à l'unisson avec la terre qui me porte et me nourrit.
Je me sens vibrant de vie, enraciné.
Je rends hommage à la création.

Je fais griller mon orge en me disant que ce repas est le plus beau de ma vie.
Une poignée de farine d'orge et de l'eau.
Cette abondance me comble.

Je m'assieds et je bénis mon écuelle.

Mon cœur s'ouvre totalement au bonheur de vivre.

PORTE DU SUD

Centre génital

Trois semaines de travail intense avec un minimum de nourriture m'ont mis dans un état second, un bien-être indescriptible.

Par le travail d'ouverture de mes centres, j'accède à de nouveaux plans de conscience. Je vois la dualité en toutes choses, je la vis intensément dans mon corps et dans mon esprit. Mais, par la force des mantras, je trouve tôt ou tard la voie de l'équilibre.

Tout est clair.
Pas facile, mais clair.

Je constate que tout ce qui me menace est à l'intérieur de moi.

Je me sens prêt à pénétrer mes profondeurs.

Pour ouvrir le centre génital, je m'élance par une contraction du périnée que je répète de nombreuses fois, avec la syllabe HA.
Je visualise la couleur ambre et je vais puiser l'énergie contenue dans le bas de mon ventre.
Je la projette vers le bas, puis vers le haut, à l'intérieur de tout mon corps.

Je suis le trajet de ma propre énergie.
Je descends dans mon siège animal, l'univers de la possession.

Tout le bas de mon ventre vibre dans une pulsion puissante comme le sang qui y afflue.
Je ressens l'urgence de l'accouplement, la force des désirs qui me poussent à sortir de mes limites.
Je fais remonter mon souffle.
Je m'arrête dans la zone du cœur.
J'y fais une pause où je sens mon être s'élargir, s'apaiser.

Je sais que je contiens le diamant qui va naître de la gangue.
Je sais qu'elle me contient avec mon potentiel de lumière.
Je sens en moi l'enfant enroulé sur lui-même avant de naître. Comme un serpent lové, le

fœtus a la puissance requise pour s'élancer et se métamorphoser.
Mes parents sont présents en moi, dans mes centres opposés : ma tête est mon père, mon centre génital, ma mère.
Je sens vibrer en moi l'énergie masculine et l'énergie féminine.
Je les pénètre l'une après l'autre puis je les fais fusionner dans un vigoureux élan d'amour.
J'habite pleinement cet univers de jouissance, de fécondation, de gestation, d'unité.

L'énergie de couleur ambre forme une sphère autour de moi.

La terre et le ciel sont en équilibre.

Mon cœur reçoit le tout, la terre est réalisée.

AXIS MUNDI

Cœur

Ce matin, il fait un temps radieux.

Je descends le petit raidillon, devenu familier.
Je déploie mes poumons.
Je sens la roche et la terre sous mes pieds nus, je m'enivre à contempler l'immensité autour de moi.
Je m'ouvre à tous les éléments.

En approchant du petit torrent, je songe que, comme la caverne, il tiendra toujours une place importante dans ma vie. Je les porterai en moi, je pourrai m'y réfugier quand le quotidien sera difficile.

J'y baigne un pied, puis l'autre. Je laisse l'eau froide me caresser.

Je m'asperge de cette eau vive.

Je regarde mon corps et ma peau.
Ce sont bien les mêmes et pourtant, je les habite différemment.
Je me sens à la fois destructuré dans mon corps, dans mes habitudes et unifié dans mes sensations et ma conscience.

Le travail accompli me donne une nouvelle perspective sur ma relation au monde extérieur.
J'ai trouvé des forces que je ne me connaissais pas, une énergie qui dépasse mon imagination.
Une joie, une appréciation profonde sont venues colorer mes moindres gestes.
Tout est célébration.

Je remonte d'un pied léger.
Je suis totalement ouvert.

*

Cette fois, je vais prendre place au centre des portes.
J'attendais ce grand moment.

Avant de m'asseoir, j'exécute une danse autour de la pierre.

Tout en scandant mes mouvements de mon damaru, je dessine une étoile à six branches.
J'exécute les deux triangles de l'hexagramme, le premier en tournant dans le sens des aiguilles d'une montre, le deuxième, en sens inverse. Un triangle représente l'esprit, le second, la matière. Ils sont ainsi réunis.
Les centres d'énergie s'entrelacent.
Je dispose des lampes à beurre au bout des six branches et je me place au centre de l'étoile.

Je laisse mon corps se détendre.
Puis, je visualise le bleu d'un saphir traversé par la lumière du soleil en faisant résonner le mantra du cœur, la syllabe HUNG.

En équilibre parfait entre le haut et le bas, je me projette à l'intérieur du tcheudjung.
J'entre dans les petits triangles formés par la superposition des deux grands, l'un après l'autre, pour m'en approprier les forces et les réunir toutes au centre.
Dans chacun de ces triangles, une dakini tenant un kapala dans la main gauche et un couperet dans la main droite apparaît, dansant et buvant à même le crâne rempli de la connaissance. Puis, toutes les six sont réabsorbées à l'intérieur de leur triangle et viennent se réunir, dans un tourbillon, au centre du tcheudjung.

Mon corps les absorbe par la base et elles se projettent dans chacune des cellules de mon corps, dans une communion totale.

Je réabsorbe ainsi à l'intérieur de toutes mes cellules ce qui est épars et je redonne de l'expansion à ce qui a été comprimé.

Les symboles anciens du mouvement éternel, les yungdrungs, la svastika et sa réplique en sens inverse, m'entraînent dans leur énergie, comme le mouvement des deux pôles de la terre en quête d'équilibre.

Je reprends position dans mon cœur.
Je l'ouvre.
Toutes les ombres qui m'étaient apparues se dissipent dans un arrachement de douleur, comme autant de morts.

MORT DE L'ÉGO.

MORT DES PUISSANCES DESTRUCTRICES À L'INTÉRIEUR DE MOI.

MORT DES FORCES QUI DONNENT À TOUS LES PARTIS UN ÉGAL POUVOIR AFIN QUE L'ÊTRE HUMAIN SE DÉTRUISE LUI-MÊME, AFIN QUE L'HOMME HAÏSSE L'HOMME, AFIN QUE LA RACE DÉTRUISE LA RACE ET QUE LA RELIGION DÉTRUISE LA RELIGION.

MORT DE LA PEUR, DE LA NON-AUTHENTICITÉ.

MORT DE LA PUISSANCE QUI S'ACHÈTE À PRIX D'OR.

MORT DE LA MORT.

Autour de mon corps se forme une sphère bleue qui vient s'intercaler entre la rouge de la gorge et la verte de l'ombilic.

Je fusionne avec les portes terrestres et toutes les dimensions.
Je suis dans la globalité de la création.
Sans jour ni nuit, sans émotion ni peur, dans l'équilibre parfait du vide plein.

J'ouvre doucement les yeux.

Toutes les lampes se sont éteintes.

Les jambes engourdies, le corps endolori, je me relève.

Dehors, il fait nuit.
Le ciel scintille de millions d'étoiles.

Demain, je prendrai une journée de repos.

*

À l'aube, je me sens au seuil de ma propre vie.

Cette dernière semaine m'a remis les clefs du travail initiatique : clef de moi-même, clef de la voie à suivre vers l'illumination.

Je peux toujours ne voir qu'un seul côté du monde.
Je peux fort bien rester dépendant de mon environnement, assujetti à une seule sphère d'évolution.
Je peux laisser la confusion mentale me bercer dans une somnolence perpétuelle.

Mais je peux aussi accomplir le détachement et la maîtrise de mes propres fondations.
J'ai le plein arbitre de mon évolution.

Tout à coup, le visage souriant de mon maître se présente à moi.

Pense et aime, n'aie aucune limite.
Tel un enfant, l'être humain peut tout créer dans son cœur.
Ce que tu veux est.

*
***
*

Je me lève pour aller saluer le soleil sur mon promontoire.

Tenzing est là, assis à contempler la vallée.

Depuis combien de temps?
Est-ce qu'il vient d'arriver?
Est-ce qu'il a dormi ici?

J'ai peut-être passé plus que les sept jours nécessaires dans mon dernier centre.
Depuis quand est-ce que je ne suis pas sorti de mon enceinte?

Tenzing me regarde en souriant.
Il m'offre du thé de son thermos et de la tsampa fraîchement confectionnée.
Puis, il me dit qu'il aimerait passer la journée en méditation.

Je suis heureux d'avoir retrouvé la compagnie de Tenzing.
Je suis heureux et un peu triste d'être parvenu au terme de cette épreuve.

Le repas du soir est semblable à tous les autres et pourtant c'est une grande célébration, partagée cette fois.

*

Nous nous réveillons au lever du soleil.
Je descends faire une dernière toilette dans le torrent.

Quand je remonte, tout est prêt pour le retour. Tenzing s'est occupé de faire le ménage. Au bas du raidillon, nous préparons un fagot de bois pour mon successeur.

Le retour à la gompa me donne des ailes, même si je titube de temps en temps. Je ressens le plein effet de la fatigue et du jeûne pour la première fois.

Le soleil est avec nous. Le ciel pur et la brise fraîche me font oublier les heures difficiles. C'est comme si, après les avoir traversées, je n'avais plus à m'en préoccuper.

Tu permettras à tes épreuves de s'émanciper. Tu seras alors libéré du carcan de toute torture. Ceux qui ont causé le tort comprendront le message.

*

Nous marchons deux jours.

C'est avec une joie indescriptible que j'entends les conques appelant à la prière.

Sans nous donner le mot, ni même échanger un regard, Tenzing et moi pressons en même temps le pas vers la gompa.

COMME UN ENFANT LIBRE, LE CORPS ET L'ESPRIT DANSENT, ORNÉS DE LA COURONNE DES BODHISATTVAS.

CONCLUSION

LE MUDRA SHAMANIQUE

Je n'ai pas fermé l'œil de la nuit.

C'est dû au changement de pression atmosphérique, mais peut-être aussi à la différence de vibration.

Dans cette retraite, les grands ngakpas, les yogis qui ont vécu les mêmes expériences ont laissé, nichée dans le flanc de la montagne, une partie d'eux-mêmes. Leur échange avec des plans si puissants impriment leur force dans la roche, la terre et le vent.

Je suis profondément reconnaissant : j'ai été doté d'enseignements qui m'ont permis non seulement de passer au travers de l'épreuve mais d'en sortir renouvelé.
Il me tarde d'en rendre hommage à mon maître.

Je sors de mes bagages une grande khata que j'offrirai au saint Rimpoché au moment de recevoir sa bénédiction.
Je m'habille de blanc, du zen bordé de rouge et je me dirige vers ses appartements.

Je ne peux m'empêcher de marquer un temps d'arrêt lorsque le moine ouvre la tenture.

Le Maître est recueilli, yeux à demi fermés, nimbé d'une lumière qui émane de son âme.
Il sait que je suis là et que je le regarde.
L'expérience que je viens de vivre me donne une idée modeste de ce qu'il a pu traverser.
Pendant une fraction de seconde, je me laisse aller à mon émotion : j'ai devant moi un père que j'admire et que j'aime profondément.

À cet instant précis, Taklung Tsetul Rimpoché entr'ouvre les yeux, le temps que j'y lise un écho à ce mouvement du cœur qui m'emplit.

Il me fait le geste d'avancer.
Je me prosterne et lui présente la khata. Il prend l'écharpe et la dépose à côté de lui. Le moine qui est à ses côtés lui tend un foulard semblable au mien sur lequel repose un dorje. Taklung Tsetul Rimpoché prend les deux, me passe le foulard autour du cou et touche mon front de son front.

Le Maître me tend alors le dorje à sept branches et dit :

Ce dorje de la compassion est la clef des sept cieux.
Elle te permettra d'agir sur le mal et de vivre à ton tour au service de la création.
L'homme réalisé doit porter la couronne des bodhisattvas sans orgueil ni vanité.

Dans ce moment d'amour et de communion entre un père et son fils, nous gardons un temps de silence.

Puis, il me fait asseoir pour prendre du thé et des biscuits.

*

Je partage alors mes réflexions sur la retraite que je viens de faire.

Il n'est pas facile de trouver les mots pour exprimer ce que j'ai vécu.

Les forces mises en ma présence étaient des énergies venues d'autres plans pour me faire comprendre que le cœur et l'esprit peuvent recevoir la claire vision des choses et que notre quotidien est là pour être dépassé.

Chaque centre énergétique est un outil pour travailler sur soi et sur le monde humain en collaboration avec ces puissances. Il ne faut pas les redouter même si elles mènent à des confrontations douloureuses. Ces combats m'ont amené à résoudre la dualité présente à chaque niveau de mon être. C'est un passage difficile qui m'a fait vivre la mort à certains plans et renaître à d'autres.
Mais pas plus qu'il ne faut se complaire dans la béatitude, il ne faut s'éterniser dans la confrontation si elle n'est pas nourricière.

Taklung Tsetul Rimpoché m'écoute dans un silence recueilli.

Je ferme les yeux pour laisser défiler les figures géométriques qui me sont apparues : le tcheudjung, connu aujourd'hui comme l'étoile de David dont on a marqué les Juifs pendant la deuxième guerre mondiale, la svastika qu'Hitler s'est appropriée. Et pourtant, le yungdrung orne depuis des millénaires les objets sacrés bön, le torse de Bouddha.

Ces formes porteuses d'énergie remontent à la nuit des temps.

Je ne peux m'empêcher de faire le lien entre les religions, les philosophies et les croyances de peuples qui ont cherché appui dans ces symboles. Ils y ont vu ou ils y voient une force mystique qui les différencie et leur fait croire à une identité divine personnelle.

Et pourtant, tout découle d'un même principe.
Tout procède d'une seule et même chose : vouloir renaître pour se transformer et se fondre dans la lumière du principe premier.
Point de négatif, point de positif.
Tout procède du même.

L'homme n'a d'autre ennemi que lui-même.
C'est la confusion mentale qui l'entraîne dans un mouvement de défense exacerbé par la peur du changement.

Le Maître m'a laissé parler longuement.

Après un long silence, il me mentionne que j'ai encore une épreuve à traverser : le moment est venu de mourir à toute forme d'identification.

Sur un signe du saint Rimpoché, le moine assis en retrait dans un coin de l'appartement me fait passer derrière une autre tenture. Une toute petite porte nous donne accès à une pièce de forme carrée, faiblement éclairée par une lampe à beurre.

Je remarque que les murs sont tendus de lourdes draperies brodées de symboles. Il s'en dégage une énergie qui me passe de part en part.

Le moine m'invite à m'asseoir au centre de la pièce.

Le plafond et le sol représentent les deux pôles du monde et les quatre murs, les points cardinaux.
Je deviens le canal qui relie le zénith et le nadir, le point d'énergie central.

Un tambour est placé devant moi.

Le moine m'explique que pendant trois jours, je recevrai, par un petit guichet dissimulé, la nourriture nécessaire à ma survie.

La porte se referme.

*

Après un long silence, je prends refuge dans mon Lama.
Puis, je me prosterne devant le petit autel et j'offre aux forces qui habitent cette chapelle des tormas, galettes rituelles et des lampes à beurre.

Assis en position de lotus, j'entame les mantras des centres.

Sous les coups rythmiques du tambour, je sens les cellules de mon corps vibrer, la chaleur m'envahir.

Quelques instants plus tard, une fraîcheur intense me libère dans une présence sans frontière.

Le sol, le plafond, les murs se sont estompés.
Aucune limite n'arrête plus mes yeux.
Mon corps est devenu inexistant.
Ce qui lui donne encore un semblant de physique n'est qu'une vibration extrêmement rapide. Un courant électrique est ma seule structure.

Je sens une force passer dans mon centre.
Elle traverse le bas de mon corps pour rejoindre une profondeur insondable.
Je suis le noyau central autour duquel tout gravite hors du temps et de l'espace.

Une lumière intense m'entoure et je m'aperçois que j'en suis la source.
Ma main ne frappe plus le tambour mais sa réso-

nance, toujours présente, me donne une pulsion qui est la respiration des mondes.

Je perçois clairement tous mes centres.
Ils se mettent en mouvement les uns par rapport aux autres.

Une onde, partie de ma tête, les traverse un à un et revient en sens inverse pour être renvoyée dans les profondeurs de mon être jusque dans mon cœur.
Mon corps est habité de cette énergie ondoyante.

Je me sens transposé dans des champs de conscience qui n'ont plus rien d'humain.

Je reviens à mon corps pour plonger dans mon centre génital.
J'ai la claire vision d'une roche en fusion.
Des formes remuent comme un bouillonnement dans un chaudron.
Ce sont les forces obscures de la possession, prêtes à se libérer.

Je souris.
Du même coup, cette vision disparaît.

Je remonte dans le ventre de la naissance.
J'y retrouve les êtres qui attendent un corps pour s'incarner, toutes les incarnations d'hommes et de femmes déchirés, disséqués par la peur de ce qu'ils ont à subir pour s'affranchir de la prochaine renaissance.

Puis, je pénètre dans le monde des dieux jaloux.

Tombés en décrépitude, ils ne souhaitent plus qu'une chose : la mort. Passage qui leur permettra de redescendre dans un corps humain et de retrouver l'amour inconditionnel que seul peut atteindre l'être capable d'apprendre.

Mes mains se joignent en une prière.
J'invoque tout le réconfort possible à ces êtres malheureux.
Cette vision se dissipe à son tour.

Je suis comme l'enfant qui vient d'ouvrir les yeux.
Un mouvement de joie me porte au cœur de mon cœur.

La force du mantra m'entraîne vers d'autres plans.

Tout à coup ébloui, je perds connaissance.
Mon corps est pris d'une violente fièvre.
Je sens mes molécules éclater les unes après les autres.
Moi-même, j'explose et je suis propulsé aux quatre coins de la pièce.
Je vois plusieurs plans à la fois comme s'ils étaient projetés sur un écran et que, de temps en temps, l'un d'eux prenait le dessus.

La trame sonore de ces visions est tantôt effroyable, tantôt d'une grande douceur.

Puis, je ne ressens plus rien.

Une grande blancheur m'entoure dans laquelle je distingue peu à peu une forme.
Une femme me sourit et s'approche de moi, nue.
Son corps est la pureté même, la force des mondes.

Elle prend une coupe posée à terre, la porte à son bas-ventre et à son cœur. Puis, d'une voix douce comme un chant, elle me dit ces paroles qui pénètrent toutes mes cellules :

Le travail accompli doit être offert à tous les êtres vivants.

À ce moment, ses mains s'ouvrent et projettent un grand rayon de lumière.

De sa main gauche légèrement ouverte vers le bas et de sa main droite levée, elle dessine une fleur qui s'épanouit.
Sa main droite revient comme pour envoyer ce flot de lumière à chaque être et ramener en son sein tous ceux qui acceptent cette grâce.

Je reçois de mes enfants ce que je leur ai donné. J'accepte leurs joies comme leurs douleurs jusqu'au plus profond de moi-même afin de les transformer pour que tout sur cette terre se réunisse dans la gloire des Bouddhas de tous les temps.

Ses mains se joignent en prière et je la sens qui se fond à l'intérieur de moi.

*

***

*

Je me réveille au bout d'un temps incalculable, dans un corps qui me semble être celui d'un enfant, habité d'une immense joie et d'une égale tristesse.

Des mains robustes empoignent chacun de mes bras : deux moines m'aident à me relever. Les trois jours ont passé sans que j'aie eu conscience ou besoin de me nourrir ou de boire. J'ai la bouche sèche.

Mon maître est assis en face de moi.

Vis maintenant intensément et ne te laisse enfermer dans aucun des mondes qui pourraient te sembler bons.

PRATIQUE DE TCHEUD AU SEIN DU MONASTÈRE. APPRENDRE À COUPER TOUS LES PHÉNOMÈNES ILLUSOIRES DE LA VIE.

ÉPILOGUE

Je sors de cette retraite bousculé.
J'ai besoin de reprendre des forces avant de retourner à une civilisation pleine d'embûches.

Je retrouve la forêt de rhododendrons.
Je fais la sieste, je flâne pendant quelques jours.
Mes premiers repas, servis dans ma chambre, sont abondants et succulents.
J'y fais honneur.
Je participe aux rituels quotidiens.

Je sais que je reviendrai.
Le travail n'est jamais terminé et la recherche de soi reste utopique sans un retour constant à l'essentiel.

Mais j'ai le cœur serré à l'idée du départ.
Une petite fête rendrait la séparation plus douce.

De toute façon, je ne repartirais pas sans remercier ces êtres si généreux.

Avec la complicité de Tenzing et de l'économe, nous faisons des plans.

*

Pendant qu'ils vont au marché, je me repose sur le petit balcon devant ma chambre.
Face aux montagnes et à la vallée, je fais le plein d'images et d'air pur, cet air vigoureux qui va me manquer à Montréal.

Les heures passent.

Des cris joyeux me sortent de ma rêverie. Une nuée de robes rouges se précipite vers le portail : des moinillons s'interpellent et courent à la rencontre de mes amis.
Ils ont les bras chargés de paquets.

Les enfants se les disputent presque. La perspective des friandises leur donne du zèle.
Moi-même, j'ai déjà en bouche le goût des momos de fête et des gâteaux indiens. Et je me vois en train de déboucher une bonne bouteille de vin accompagnée de quelques fromages. Mais pour ça, il faudra attendre encore un peu...

Toute la communauté du monastère participe à la fête.
Les réjouissances durent deux jours.

Puis, vient le moment de prendre congé de mon maître et de mes amis.
Les adieux se font dans la simplicité et le dégagement de ceux qui savent qu'ils se retrouveront bientôt, ici ou sur un autre plan.

Tenzing rentre avec moi.
Une petite troupe de moines nous accompagne jusqu'au Jeep qui va nous ramener vers Ghadong. Il faut bien que je reprenne le surplus de bagages laissé à l'aller.

C'est dans une rêverie douce-amère que je traverse ces paysages grandioses.
Les montagnes bougent dans la lumière des phares.
Ou est-ce la danse d'un démon irrité par notre tintamarre?

Nous arrivons à Ghadong très tard dans la nuit.

Le monastère est endormi.
Je me glisse dans la chambre où j'ai laissé mes affaires.

Sans ouvrir mon sac de couchage ni même me déshabiller, je m'écrase sur le lit recouvert d'un tapis.

*

La chaleur des rayons de soleil me dit qu'il est déjà très tard.
Je sors de ma chambre et vois Tenzing qui arrive en courant, tout content.
Il apporte une tasse remplie d'un liquide noir.
Un café!
J'en prends une première gorgée en fermant déjà les yeux de plaisir.
Je retiens une grimace mais j'avale le tout - du café instantané - pour ne pas décevoir mon ami, si fier de sa trouvaille.
Il vient de me dire que c'est bien meilleur que le thé au beurre.

*

Je passe la matinée à faire le tri dans mes effets personnels.
J'en fais cadeau, pour la plupart, à mon fidèle accompagnateur. Je réserve quelques objets pour Tenzing Wongdak, mon hôte.

Le temps est venu de faire mes adieux.

Je remercie Tenzing.
Il repart chaussé de ses Nike moins flambants mais toujours très noir et blanc.

Puis, on me conduit à l'autobus climatisé-première classe qui me ramènera vers Delhi.

Je regarde par la fenêtre ce qui est maintenant passé.
Je quitte une partie de moi-même.

L'autobus démarre.
Je sors de la poche de ma chemise une petite enveloppe.
Elle contient des graines bénites par un mantra de Péhar, dieu protecteur des Nyingmas. Je la porte à mon front et la glisse sous ma chemise dans le portefeuille suspendu à mon cou.

Je resterai en relation directe, cœur à cœur, avec ceux qui partagent les mêmes idéaux.

Je ferme les yeux.

*

****

*

Au lever du soleil, l'autobus entre dans les faubourgs de Delhi.

Un son rauque que je ne reconnais pas tout de suite me tire de mon sommeil.
On dirait un barrissement...

Mais oui, des éléphants menés par leur cornac avancent vers une rivière.

La berge est une petite fourmilière : des femmes battent leur linge pas loin de la sortie des égouts. Des gens font leur toilette, se brossent les dents. Juste à côté, quelqu'un lave son auto. Un peu en retrait, une femme fait sécher son sari. La soie couleur ambre, encore enroulée à sa taille, flotte au soleil à plusieurs mètres du tronc d'arbre où elle est attachée.
Long voile de feu qui tremblote dans la brise et qui offre à la lumière la beauté pudique de cette shakti...

Je sursaute comme frappé par un éclair.
La vision de mon arrivée trouve toute sa signification.

Ce petit troupeau qui va s'abreuver à la rivière...
L'éléphant que je montais...
L'éléphant, symbole du Bouddha.

Porté par le Bouddha, j'allais étancher ma soif de comprendre.
Une femme est apparue pour me sauver. Elle était bien en équilibre sur le dos de mon éléphant. Elle m'a attrapé dans ma chute et m'a dit : "Je suis ton épouse". Elle était donc une partie de moi-même, ma shakti, sagesse accordée à tous ceux qui font une démarche vers la lumière.

Des hommes à dos d'éléphant ont formé un troupeau galopant avec moi... la foule de gens cherchant une voie semblable.

J'avais un bâton pour marcher dans la jungle.

Ce bâton qui me rassurait, qui appuyait ma démarche, ce serait alors mon maître et la méthode. Avec eux, je me sens invincible même quand je m'aventure dans la jungle de la vie. Grâce aux enseignements de Taklung Tsetul Rimpoché, je suis bien muni pour me défendre contre tout danger dressé sur ma route, comme avec mon bâton face aux deux lions.
Les pattes brisées des lions me font penser à l'être humain qui doit plier le genou de l'orgueil et de l'ego.

Je souris.

Dans un rayon de soleil, le visage lumineux de Taklung Tsetul Rimpoché m'apparaît et se fond en moi.

Je l'entends au fond de mon cœur.

Ton chemin n'est pas fini.
Nous nous rencontrerons de nouveau pour communier ensemble.

Tu es le je suis et je suis toi.

LE VÉNÉRABLE TAKLUNG TSELUL RIMPOCHÉ DANS UN RITUEL DE BÉNÉDICTION.

LEXIQUE ET RÉPERTOIRE DES TERMES

Bardo : état intermédiaire entre la mort et une nouvelle naissance.

Bodhisattva : désigne un être qui s'est engagé dans la voie de la compassion et qui a presqu'atteint l'éveil mais qui "retarde" son perfectionnement pour rester en contact avec le samsâra et aider les êtres qui n'en sont pas encore sortis.

Au Tibet, tous les aspirants à l'illumination parfaite, le nirvâna, font vœu d'atteindre l'état de bodhisattva ou "grand instructeur". Celui qui fait ce vœu n'entrera pas définitivement dans le nirvâna tant que tous les êtres de cette planète, des cieux et des enfers n'auront pas traversé l'océan du samsâra.

Bönpo (*prononcé beunnpo*) : religion tibétaine qui prédate le bouddhisme; adepte de cette religion.

Chela : élève choisi, disciple qui reçoit un enseignement spirituel.

Chöd *(prononcéTcheu)* : mot tibétain qui signifie couper ou séparer; méthode pour s'affranchir des démons intérieurs; rite tantrique.

Chörten *(prononcé tchorten)* : petite construction tridimensionnelle, symbole du corps, de la parole et de l'esprit de Bouddha qui contient des reliques (textes sacrés et corps de maîtres passés). On y dépose des offrandes de toutes sortes.

Dakini : divinité féminine qui évolue parmi les yidams, considérée comme inspiratrice des forces de la conscience. Elle confère aux yogis des dons supra-normaux et la vision intérieure.

Les dakinis sont toujous représentées sous une forme féminine. Elles sont les forces surgissant des profondeurs qui poussent l'individu à maîtriser la foule hostile de ses désirs, de ses passions et de ses illusions afin d'atteindre l'état d'illumination.

Les dakinis se manifestent dans certains types de méditation.

Damaru*(prononcé damarou)* :petit tambour à deux faces, faites de calottes crâniennes ou de bois, recouvertes de peau. Pour les initiés, le damaru est doté d'un pouvoir vibratoire spécifique.

Dharma : enseignement religieux, méthode qui soutient les êtres et les empêche de tomber dans la souffrance du samsâra. Le dharma comprend les écritures, leur étude et leur pratique dans le but d'atteindre le nirvâna.
Bouddha-Dharma signifie : enseignement du Bouddha.

Dorje (*prononcé dordjé*) : mot tibétain qui signifie "foudre", symbole masculin. Le dorje représente la méthode.
Instrument ressemblant à un petit sceptre de cinq à dix centimètres de long, fait de bronze, d'argent ou d'or. La plupart des dorjes ont le centre formé d'une fleur de lotus stylisée à cinq, sept ou neuf branches dont les pointes recourbées se touchent. Ces branches symbolisent les sagesses ou énergies du mandala. Le dorje est utilisé conjointement avec la cloche-dorje à poignée en forme de demi-sceptre. Ensemble, ils symbolisent la compassion et la sagesse qui font gagner l'illumination. Comme le yin et le yang, ils représentent la réalisation profonde et l'activité illuminée; ils n'atteignent la perfection que dans leur union. Dans certains rituels, le lama tient un instrument dans chaque main en formant les différents mudras.

Gompa : monastère.

Kapala : bol fait d'une calotte crânienne.

Karma : action ou conséquence ou somme des conséquences des actes d'un individu, commis dans cette vie ou une vie antérieure. La loi du karma détermine la renaissance sans pourtant dicter les actions présentes. L'être humain a donc le choix de poursuivre ses propres tendances ou de les combattre jusqu'à ce qu'il atteigne l'illumination. Il sera alors délivré de son karma.

Khata : écharpe de soie blanche que l'on offre en signe de respect ou de remerciement.

Lama : maître qui représente une incarnation de la doctrine bouddhique. Également, terme employé en signe de respect lorsqu'on s'adresse à un haut dignitaire religieux.
Un lama peut être moine, laïc ou membre du clergé marié.

Lemniscate : symbole de l'infini. La lemniscate représente le mouvement sans fin sous la forme d'un huit.

Linga (ou lingam) : signifie “signe”, signe de dieu. Pierre arrondie à son extrémité supérieure évoquant un pénis en érection. Le linga est le symbole du dieu Shiva et représente la création. Omniprésent en Inde, le linga fait l'objet de sacrifices et d'offrandes.

Mala : chapelet fait de divers matériaux selon la pratique et la divinité à laquelle il correspond. Les boules peuvent être faites de bois de santal, d'os de crânes humains, de

vertèbres de serpents ou d'autres matériaux. Les malas tantriques, portés autour du cou ou du poignet, sont faits de rondelles d'os sculptées dans les crânes de 108 moines.
Le nombre de boules peut être de 108 ou 111.
Le nombre 108 représente les 108 endroits de pèlerinage et manifestations du Bouddha.

Mantra : texte sacré ou syllabe chargée d'énergie que l'on répète sous forme de méditation. La récitation d'un mantra s'accompagne de visualisations spécifiques.
Il existe différents types de mantras dédiés aux divinités paisibles ou courroucées.
Les mantras comprennent de trois à cent trois syllabes et sont généralement récités en nombres multiples de trois, sept ou cent huit.

Mudra *(prononcé moundra)* : geste rituel qui transforme une énergie et qui invoque les forces mystiques auquel il correspond. La principale fonction du mudra est d'aider à la réalisation d'états de conscience supérieurs.
Les mudras sont exécutés avec les mains et les dorjes dans certains rituels.

Le mudra du cœur est un geste de remerciement. Les positions successives des mains traduisent : "Ce que j'ai accumulé, je te l'offre. Ce que tu m'offres, je le reçois et je t'en remercie."

Nadi : canal subtil qui conduit le prana, souffle vital, dans toutes les parties du corps.

Ngakpa *(prononcé nakpa)* : yogi qui pratique des mantras secrets et des rites tantriques spécifiques.

Ngak signifie mantra ou parole, par extension, celui qui détient ou pratique des mantras de puissance.

Nirvâna : Illumination, état de conscience suprême où l'être est libéré du moi individuel, de toute souffrance et du cycle des morts-renaissances.

Pour les êtres pleinement illuminés, il n'existe pas de démarcation entre le samsâra et le nirvâna. Ils vivent dans les deux états et, pour eux, ni l'un ni l'autre ne sont fixes.

Nyingma : qui fait partie de la lignée des Nyingmapas, "école des anciens". Une des quatre branches principales du bouddhisme tibétain qui met l'accent sur la pratique tantrique et n'exige pas que ses lamas soient des moines.

Péhar : divinité protectrice des Nyingmapas.

Prana : respiration, souffle vital, essence du souffle.

Rimpoché : titre de respect qui signifie "lumineux".

Sangha : groupe de personnes qui se rassemblent autour d'un maître pour recevoir un enseignement et pratiquer le dharma; communauté de moines ou de nonnes; communauté sacrée des êtres illuminés et des moines actuellement sur le chemin de l'illumination.

Samsâra : signifie "allant" ou "continuant" ou "venir à exister continuellement".

Cycle des morts et des renaissances dans lequel doit vivre tout être humain qui n'a pas encore atteint l'illumination.

Sari : vêtement traditionnel des femmes en Inde, grande pièce de tissu drapé autour du corps et des épaules. Les saris sont souvent faits de soie rehaussée de motifs brodés ou imprimés.

Shakti : mot formé sur la racine ***shak*** qui signifie "être capable de faire" "avoir la force d'agir". Ses significations sont multiples : énergie, habileté, génie, pouvoir divin, pouvoir poétique.

Déesse qui personnifie l'énergie primitive féminine, l'aspect dynamique du divin, la vitalité qui lui est essentielle pour créer.

En Inde, Shakti, épouse de Shiva, est la Déesse Mère.

Selon un dicton indien, "Shiva est un cadavre sans shakti."

Siddhi : signifie "accomplissement", fruit de la méditation du yoga.

Pouvoir psychique qui se manifeste à mesure

du cheminement spirituel d'un individu; maîtrise des forces du corps et de la nature.

Svastika : symbole principal du bouddhisme que l'on voit souvent sur le front des statues de Bouddha; croix porte-bonheur que l'on retrouve dans de nombreux temples.

La **svastika,** signe magique, d'origine très ancienne, symbolise le mouvement sacré et représente une rotation dans le sens des aiguilles d'une montre. Très présente chez les bönpos la **svastika** voisine avec le **yungdrung**, symbole identique dont le mouvement s'effectue en sens inverse.

Tantrisme : Pratique qui repose sur des textes sacrés ou tantras, menant l'individu dans un yoga aux formes complexes.

Dans le bouddhisme tibétain, on est souvent renvoyé au Vajrayana, littéralement "véhicule du vajra". Certains tantrika (tantristes) vivent en retraite pendant des années, d'autres préfèrent errer et voir le monde comme le cercle céleste de leur divinité tutélaire, leur yidam. Ceux-ci n'évitent rien des tentations du monde mais les transforment plutôt en pratiques spirituelles.

Les techniques sexuelles sont utilisées seulement par des adeptes de haut niveau qui ont maîtrisé le feu intérieur. Ces techniques sont gardées secrètes car elles pourraient occasionner des désordres nerveux pour les non-initiés et présentent des difficultés d'exécution. Certains tantras exigent qu'on se conforme à un calendrier astrologique personnel pour chacun des partenaires.

Les yogis et yoginis qui pratiquent le tantrisme sexuel ont reçu la même initation. Leur accouplement n'est plus une activité charnelle mais un dépassement au plan spirituel.

Les yogis qui choisissent de vivre sans relations sexuelles sont capables de réabsorber la pulsion sexuelle et de la réacheminer dans un mouvement circulaire à l'intérieur du corps. Il s'agit de se mettre en état de fusion avec sa shakti d'équilibre, son partenaire masculin ou féminin. On peut alors dépasser un besoin corporel et trouver dans l'énergie terrestre un élan qui met en relation avec le divin. L'état d'extase est complet.

Tcheudjung : étoile à six branches, symbole mystique tantrique tibétain qui représente une source de réalité; état d'éveil suscité par l'ouverture du cœur. Le tcheudjung est associé au culte des dakinis et certaines divinités courroucées du Bön.

Tchuba *(prononcé tchouba)* : large manteau tibétain. Ceint autour de la taille, on le laisse pendre dans sa partie supérieure où l'on glisse son bol pour la nourriture et de menus objets. Suivant la saison, il s'agit d'un manteau léger ou d'une peau de chèvre dont la fourrure se porte à l'intérieur.

Thanka : représentation peinte ou brodée des différentes divinités. Les thankas sont exécutées sur un rectangle de coton, de lin ou de soie et sont montées sur du brocart. Elles sont faites pour être roulées sur des barres de bois à embouts souvent ornés de filigranes d'argent d'exécution très fine. La plupart du temps, les thankas sont suspendues au-dessus des autels. Elles jouent un rôle important dans les rituels.

Torma : petite galette rituelle faite de pâte d'orge grillée mélangée avec des ingrédients secrets du tantrisme, servant d'offrande aux êtres spirituels. Il y a une grande variété de tormas qui correspond à la diversité des êtres auxquelles elles sont destinées.

Tsampa : nourriture de base des Tibétains faite de petites boules de farine d'orge grillé. La tsampa accompagne presque toujours le thé au beurre de yak, beurre salé et si riche qu'il constitue à lui seul un important apport énergétique.

Tulku*(prononcé toulkou)* : réincarnation. Les Tibétains désignent par ce nom des lamas ou des yogis de haute évolution qui se réincarnent pour continuer leur travail dans la société.

Ils sont libres de faire ce choix parce qu'ils ont atteint un degré d'illumination qui les a dégagés du samsâra.
Un tulku doit être officiellement reconnu par d'autres tulkus.

Yidam : terme bouddhique du Vajrayana formé sur les termes ***yid***, le "mental" et ***dam***, "lien" ou "promesse".
Le yidam est la manifestation de l'esprit illuminé du maître. Cette divinité est conférée personnellement au disciple au moment de la première initiation. Le lama choisit parmi les déités paisibles ou terribles du panthéon lamaïque un **yidam** qui correspond au tempérament de son chela. Le chela est alors lié par la promesse faite lorsqu'il reçoit le pouvoir de méditer sur son **yidam**.
Les yidams sont souvent représentés masculin et féminin dans une union sexuelle - yab-yum : "père-mère", terme utilisé dans le Vajrayana pour représenter les deux énergies.

Yoga : méthode de réalisation spirituelle.

Yogi *(prononcé yogui)* : celui qui pratique le yoga, qui recherche l'union avec le divin.

Yogini *(prononcé yoguini)* : adepte féminine du yoga; être surnaturel, doté de pouvoirs merveilleux.

La **divine yogini** est la personnification tantrique de l'énergie spirituelle et de l'intelligence.

Lorsqu'elle est visualisée et réalisée par la pratique du yoga, cette déité confère au yogi le succès en siddhis, pouvoirs miraculeux.

Yungdrung *(prononcé youndroung)* : nom bön pour la svastika orientée vers la gauche; symbole spécifique de la religion bön, utilisé depuis plusieurs millénaires.

Zen : grand châle que les Tibétains portent autour des épaules, en laissant le bras droit découvert. Chez les ngakpas, le zen est blanc, bordé de rouge.

LE SECRET

Maintenant que le chemin est tracé, il reste à le faire. La réussite ne s'obtient pas par la seule volonté d'une démarche.

Le corps est une machine divine qui permet à l'être humain de se mettre en contact avec la globalité de la création visible et invisible. L'humain est représenté par le pentagramme mais il est beaucoup plus que cela puisque ses branches s'étendent au-delà de toutes limites. Par ses membres, il englobe les quatre points cardinaux; sa tête est une sphère auréolée qui englobe le nadir et le zénith.

L'échange entre ces deux points représente la globalité de la création. Le mouvement se fait d'une façon continue comme le balancier d'une horloge qui va d'un point extrême à l'autre et s'arrête dans une parfaite verticalité pour marquer

l'équilibre sur le point neutre.
C'est par ce mouvement des extrêmes et cette quête d'équilibre que l'âme ancestrale et l'âme divine s'harmonisent.

Tableau secret

OM	Blanc	ཨོཾ	1	5	15	6	△
AH	Rouge	ཨཱཿ	2	4	24	6	卍
HUNG	Bleu	ཧཱུྃ	3	3	33	6	✡
SWA	Vert	སྭཱ	4	2	42	6	卍
HA	Ambre	ཧཱ	5	1	51	6	▽
			15	15	165	30	

Tableau Secret

Voici un tableau schématisé d'outils qui vous permettront de vous familiariser avec vos énergies.
Ce tableau fait intervenir des liens entre des notions issues de la philosophie orientale et un système de numérologie vibratoire connu en Occident.
Il présente aussi des recoupements intéressants avec le tarot et l'alchimie.

COLONNES

La **colonne de gauche (1)** représente la modulation des **mantras** qui donnent accès aux différents plans énergétiques.
Lu globalement, ce mantra est le **OM HA HUNG SWA AH.**
Chaque mantra représente un des centres :
OM - tête
HA - gorge
HUNG - cœur
SWA - ombilic
AH - centre génital

La **deuxième colonne** donne les **lettres tibétaines** qui correspondent aux mantras et font partie de la visualisation.

La **troisième colonne** donne la **couleur** dans laquelle on visualise les lettres et les centres. En cours de visualisation, ces couleurs forment une sphère qui englobe le corps. À mesure que l'on progresse avec les mantras et la visualisation, les sphères de différentes couleurs viennent se superposer les unes aux autres.

OM - sphère de **diamant**

HA - sphère **rouge**

HUNG - sphère **bleu** saphir

SWA - sphère **vert** émeraude

AH - sphère **ambre** qui englobe le tout.

La **quatrième colonne** présente les **chiffres vibratoires** qui se rapportent au travail sur le plan spirituel.

Le **1** représente le **divin**

le **2**, **l'esprit**

le **3,** le cœur ou l'**état de compassion humaine**

le **4**, le **monde physique**

le **5**, le **monde minéral**.

La **cinquième colonne** donne les chiffres vibratoires se rapportant au travail sur le plan physique.

Les chiffres sont inversés par rapport au plan spirituel. Ceci démontre le chemin que doit

parcourir l'énergie pour se hausser dans un monde vibratoire d'évolution.
Le 5 représentant l'humain a besoin du divin pour se réaliser et si l'on va à l'opposé, le 1 s'incorpore à l'humain pour être sanctifié.
Tout procède par son miroir et entre en équilibre par la stimulation des opposés.

La **sixième colonne** donne la **démarche physique** qui permet d'atteindre la réalisation représentée par la **septième colonne.**

La **huitième colonne** fait intervenir des symboles qui représentent l'évolution dans sa globalité et donnent des outils de compréhension de l'ouverture du corps.

Symboles

Le **triangle supérieur** représente la tête contenant la connaissance.

Le **triangle inférieur** représente le sacrum, creuset qui contient l'énergie physique maturante servant de véhicule à une projection vers le cœur.

Le **tcheudjong** est constitué des deux triangles

se réunissant. C'est l'équilibre parfait dans un entrelacement de compassion qui donne à ce tcheudjong l'état de réalisation de Bouddha.

Les **yungdrungs** situés entre les autres symboles permettent à l'énergie, dans une rotation en sens contraire des aiguilles d'une montre, d'aller à la rencontre du but choisi par le travail. Ils sont annonciateurs de la joie, de l'illumination et de l'infini.

Schéma des Lemniscates

Le schéma central est le parcours des énergies qui crée l'équilibre à l'intérieur du corps.
Ce mouvement en huit, appelé mouvement lemniscatoire ou mouvement sans fin, apporte la stimulation du haut sur le bas et du bas sur le haut.
Les cinq centres du corps reçoivent leur énergie par quatre mouvements, quatre lemniscates, distincts et complets en eux-mêmes.

Le cœur est le point d'équilibre des lemniscates : tous les circuits d'énergie y passent.
C'est là que toutes les forces se réunissent afin d'effacer à jamais la notion de peur ou de limitation dans son évolution.
C'est le cinquième point parfait.

TRAVAIL SUR LES ÉNERGIES

Pour mettre en action une énergie, quelle qu'elle soit, il faut stimuler son opposé, passer par son point de balance et trouver l'équilibre pour revenir à son point de départ.

Lemniscate supérieure

On part de la tête pour établir une relation avec le cœur en passant par le point d'équilibre qui est la gorge.

La parole née de l'esprit et véhiculée par le souffle vient stimuler la compassion.

Lemniscate inférieure

On débute par le cœur pour se rendre au centre génital en passant par leur centre d'équilibre, l'ombilic et revenir au point de départ.

Le cœur confère sa richesse à l'énergie

physique. Celle-ci devient énergie de transformation prête à donner ou à recevoir la vie.

Lemniscate gorge-ombilic

Par la gorge, l'énergie va se véhiculer vers l'ombilic en passant par le cœur.
L'énergie entre par la gorge sous forme de nourriture. Il est important de prendre sa nourriture comme un geste d'amour car elle fournit à l'ombilic l'énergie qui enrichit le sang.

Grande lemniscate

On part de la tête en passant par le cœur, pour aboutir au centre génital et revenir en sens inverse.
Le divin passe par le cœur, centre de la compassion, pour descendre dans la matrice, représentée par les organes génitaux. Après la gestation, il repasse par sa compréhension humaine avant de s'élever vers l'illumination.

Ce travail élève le taux vibratoire du corps. La vibration au niveau du crâne stimule le système endocrinien, descend par les chaînes nerveuses jusqu'à l'ombilic pour se projeter dans le plexus génital, libérer l'énergie et revenir à son point de départ. Sur son trajet de retour qui passe par le cœur, centre de la compréhension du vécu, la vibration émancipe les peurs et les angoisses

logées dans l'ombilic.
Chaque centre a reçu l'énergie nécessaire pour que chacune des cellules retrouve son plein potentiel, aussi bien dans l'information vécue que dans l'émancipation des angoisses.

La globalité du corps est libérée dans toutes ses structures.

L'âme divine et l'âme ancestrale ont été harmonisées et peuvent fusionner.

TRAVAIL SUR LES CENTRES

Pour le travail sur les centres, chaque ligne se lit et se travaille horizontalement.
On trouve ainsi le mantra, la couleur, le chiffre vibratoire, le point de départ, le circuit de l'énergie et le symbole spirituel correspondant.

Le chemin tracé par l'expérimentation se fait pas à pas.
Il est recommandé de maîtriser chacun des centres avant d'entamer l'exercice suivant.

AGMV
MARQUIS
Québec, Canada
1997